Christian Futscher

STATT EINER MÜTZE TRUG ICH EINE WOLKE

GEGRÜNDET
1999

Christian Futscher

STATT EINER MÜTZE TRUG ICH EINE WOLKE

Czernin Verlag, Wien

Gedruckt mit Unterstützung der Stadt Wien, Kultur und des Landes Vorarlberg

Futscher, Christian: Statt einer Mütze trug ich eine Wolke / Christian Futscher
Wien: Czernin Verlag 2022
ISBN: 978-3-7076-0756-7

Lektorat: Florian Huber
Autorenfoto: Katharina R.-Fröschl
Umschlaggestaltung und Satz: Mirjam Riepl
Druck: Finidr
ISBN Print: 978-3-7076-0756-7
ISBN E-Book: 978-3-7076-0757-4

Für Carlo

Das Lied

Aus den Trümmern irdischen
Bemüh'ns erhebt sich der Gesang
der Schöpfung.
HENRY MILLER

Ich war also in Tunesien … Ich weiß nicht, wie oft ich diese Geschichte schon erzählt habe, meist mit großem Erfolg. Der Urlaub in Tunesien, sage ich gern, war der schlimmste Urlaub meines Lebens. Er fand vor langer Zeit statt, einer Zeit, in der ich noch unangekündigte Besuche bekam.

Meine Auslandsaufenthalte außerhalb Europas halten sich in Grenzen. Ich gehöre nicht zu den Weltenbummlern, die die Kontinente unsicher machen, eher zu den Stubenhockern, die mit dem berühmten Finger auf der Landkarte verreisen. Es hat sich nicht ergeben, könnte ich sagen. Wahrscheinlich war ich einfach zu träge und zu feige, zu wenig neugierig und abenteuerlustig. Aber ein Hauptgrund, warum ich nicht gern verreise, ist wahrscheinlich das Trauma, das ich in England erlebte, als ich 15 Jahre alt war.

Meine Eltern schickten mich auf Sprachferien, mein Englisch sollte verbessert werden. Ich war in der südenglischen Stadt Worthing in Sussex bei einem jungen Ehepaar untergebracht, die beiden waren gerade Eltern geworden. Er war ein sportlicher Typ, sie ein biederes Hausmütterchen. Bei ihrem Anblick war ich schwer enttäuscht, hatte ich doch von einer Gastmutter mit dem Aussehen eines britischen

Popstars geträumt, sie hätte mindestens so aussehen sollen wie Suzi Quatro, die ich für eine Britin hielt, die sie nicht war.

Am Vormittag gab es Sprachunterricht in der Gruppe, an den Nachmittagen hatte ich meistens frei, außer wir machten Ausflüge oder unternahmen sonst etwas gemeinsam. Ich wäre damals gern nach Weston Supermare gefahren, einem Ort in der Nähe, von dem ich wusste, dass Ritchie Blackmore dort aufgewachsen war. Ritchie Blackmore war der Gitarrist der Band Deep Purple, meiner damaligen Idole. Ich habe ihn verehrt, was ich heute kaum mehr nachvollziehen kann. Ich wollte Ritchie Blackmores Elternhaus finden, die Straßen abgehen, in denen er als Kind und Jugendlicher herumgestreunt war, aber ich schaffte es nicht einmal bis Weston Supermare. Heute nimmt Herr Blackmore im Knappenkostüm an kitschigen Ritterspielen teil, die er mit melodiösem Gitarrenspiel untermalt. Seine junge blonde Frau, als Burgfräulein verkleidet, trällert süße Liedchen dazu. Im Nachhinein gesehen war es gut, dass ich es nicht bis Weston Supermare geschafft habe.

Ich war immer gut im Träumen, der Traum genügte mir, die Verwirklichung war letztlich nicht mehr wichtig. Ein paar Jahre war ich mit einer Frau zusammen, die mir in dieser Hinsicht ähnlich war. Sie nahm sich immer wieder vor, größere Reisen zu unternehmen – ich erinnere mich an Ghana, Alaska und Island –, schaffte es aber nur, sich Reiseführer für die entsprechenden Länder zu kaufen. Für Ghana sogar zwei Mal den gleichen. Sie las in den Büchern über ihre Reiseziele, die Vorfreude war groß, und irgendwann hatte sie das Gefühl, schon dort gewesen zu sein. Unsere Beziehung ging in die Brüche, nachdem mir klar geworden war, dass sie mir meinen größten Wunsch nie erfüllen würde. Sie hieß Lisa und war mit von der Partie bei dieser unseligen Geschichte in Tunesien, von der ich erzählen will.

Ich hatte einen Freund, bei dem lagen zu Hause auf dem WC Atlanten und Reisebücher. Seine Sitzungen dauerten oft lange. Im Gegensatz zu mir unternahm er immer wieder größere Reisen, oft in den asiatischen Raum, wo ihm das Essen besonders gut schmeckte und er es deshalb gern fotografierte. Mir war Asien immer ein Rätsel, das wird es auch bleiben, ebenso wie Nordamerika, Südamerika, Australien, Afrika, Ozeanien, Antarktika und große Teile Europas. Der Freund ist inzwischen gestorben. Er krachte in einer schwarzen Nacht im Vollrausch durch eine Glasscheibe, was ihm schwere Kopf- und Halsverletzungen zufügte. Am Morgen alarmierten Nachbarn wegen der Blutspuren im Stiegenhaus, die zu seiner Wohnungstür führten, Polizei und Rettung, aber die konnten nur noch seinen Tod feststellen, das Ende vom Lied. Er war ein liebenswürdiger, blitzgescheiter Mann, hatte aber wie so viele ein Alkoholproblem. Er behauptete immer, er trinke aus Lebensfreude. Bei seiner Verbrennung im Krematorium wurde ein Lied gespielt, bei dem ich mir nicht sicher bin, ob er damit einverstanden gewesen wäre, eine Schnulze, gesungen von einem Mann, der über 300 kg wog. Gewisse Dinge sollte man vor seinem Tod erledigen, sonst eben Schnulze. Ich habe den Freund übrigens nie ein Lied singen hören. Vielleicht frage ich in Zukunft alle nach einem Lied, das sie singen würden, falls man im Ausland von ihnen verlangt, ein Lied aus ihrer Heimat zu singen.

Wenn ich die Tunesien-Geschichte erzähle, muss ich auch die Tunesien-Vorgeschichte erzählen, wie es überhaupt dazu gekommen ist, dass ich nach Tunesien kam. Und wenn ich diese Tunesien-Vorgeschichte erzähle, in der eine Frau eine wichtige Rolle spielt, erzähle ich auch meistens eine andere Geschichte, die sich Jahre vorher zugetragen hat.

*

Ich war also in Tunesien. Nicht, dass ich mir dieses Reiseziel selbst ausgesucht hätte, sondern ich kam dazu, weil die Mutter meines damals besten Freundes einmal zusammen mit ihrem Sohn Urlaub machen wollte.

Die Frau, eine alleinerziehende Mutter, wollte mit ihrem Sohn eine Reise unternehmen, aber der Sohn weigerte sich. Sie hatte nur diesen einen Sohn, er war ein Einzelkind, vom Vater weiß ich nichts. Er trat jedenfalls nie in Erscheinung, hat meines Wissens nie mit der Mutter zusammengelebt. Der Sohn wollte partout nicht mit seiner Mutter verreisen, also überlegte sie sich Folgendes: Wenn ich nicht nur meinen Sohn zu der Reise einlade, sondern auch seine Freundin, fährt er eventuell mit mir auf Urlaub. Sie unterbreitete ihrem Sohn diesen Vorschlag, doch der Sohn blieb hart. Nein, keine Chance, er denke nicht daran, mit ihr wegzufahren. Da überlegte sie weiter: Was ist, wenn ich auch seinen besten Freund einlade? Und wenn ich den einlade, muss ich auch dessen Freundin einladen. Also schlug sie vor: Fährst du mit mir auf Urlaub, wenn ich dich, deine Freundin, deinen besten Freund und dessen Freundin einlade? Jetzt wurde der Sohn schwach und stimmte der Reise zu. So kam ich nach Tunesien.

Ich habe damals viel gearbeitet, zeitweise von morgens bis Mitternacht, in drei verschiedenen Berufen: in einer

Tischlerei, im Gastgewerbe und im Lager eines großen Betriebes. Untertags war ich als Lagerarbeiter tätig, ab dem späten Nachmittag entweder als Kellner im Lokal oder als Hilfsarbeiter in der Tischlerei.

Der Urlaub in Tunesien kam mir jedenfalls gerade recht. Die Flüge und die erste Woche bezahlte die Mutter meines Freundes, die zweite Woche mussten wir selber bezahlen, eine lächerliche Summe. In der ersten Woche war eine Rundreise angesagt, die zweite Woche verbrachten wir in einem Hotel am Meer. *El Mouradi* hieß es, den Namen werde ich nie vergessen.

In der zweiten Woche wollte die Mutter des Freundes, der Karl hieß, von uns aber nur Carlo genannt wurde, nicht mehr dabei sein, was uns nicht traurig machte. Sie war eine liebenswürdige und gebildete Frau, die aber auch recht anstrengend werden konnte. Sie hatte eine andere Vorstellung davon, wie man leben und sich benehmen sollte, als ein lebenshungriger, junger Mensch, und ihr zuzuhören, wenn sie einmal ins Philosophieren gekommen war, tat manchmal richtig weh, nicht nur in den Ohren. Sie hat ihren Karl um viele Jahre überlebt und ist im Gegensatz zu ihm eines natürlichen Todes gestorben.

Carlos Mutter, Maria hieß sie, lebte allein in einem Einfamilienhaus, das nach ihren Vorstellungen gebaut worden war. Sie hatte eine Zugehfrau, die fünf Mal die Woche kam, um aufzuräumen, zu putzen, zu waschen und das Mittagessen zu kochen.

Sie hieß Frau Nowatschek, war eine einfache Frau, die mit beiden Beinen auf dem Boden stand und sich kein Blatt vor den Mund nahm. Sie hatte Knieprobleme, extreme O-Beine, Schmerzen im Rücken, Kopfweh, Schlafstörungen, aber sonst war sie von unerschütterlicher Gesundheit trotz hohen Alters. Sie war vielleicht Mitte 60, was damals für mich ein hohes Alter war. Ihre Frisur ist mir auch noch in Erinnerung: Sie hatte einen geflochtenen Haarkranz auf ihrem breiten, massigen Kopf, einen kreisförmig auf den Schädel gedrückten Zopf. Die gute Frau Nowatschek! Fleißig, tüchtig, aber mit einem dunklen Geheimnis, das sie mir einmal verriet. Statt *dunkel* sollte ich vielleicht lieber *haarig* sagen, das trifft es besser. Ich habe ihr versprochen, das Geheimnis niemandem zu verraten, aber da auch sie schon lange tot ist …

Es stimmt nicht ganz, dass die Mutter von Carlo allein in ihrem Haus lebte, denn sie vermietete immer wieder ein Zimmer an Studentinnen und Studenten, am liebsten an solche aus der Verwandtschaft, aber auch an Freunde ihres Sohnes. Ich wohnte ebenfalls einige Monate in dem Haus, so habe ich auch Frau Nowatschek näher kennengelernt. Die Miete für den besten Freund ihres Sohnes war lächerlich gering, eher eine Formsache. Frau Maria war froh, dass sie nicht allein im großen Haus sein musste, nachdem der Sohn ausgezogen war und in einer anderen Stadt lebte.

Frau Nowatschek mochte mich, weil ich immer freundlich war, und weil ich mir ihre Geschichten geduldig anhörte.

Ein anderer von Carlos Freunden wohnte ebenfalls einige Zeit in dem Haus, das war kurz bevor ich einzog. Er hieß Walter Grosser, wie der berühmte Fußballer, was man wissen muss, um das Folgende zu verstehen.

Walter Grosser hatte den Ruf eines Hallodris, oder um es deutlicher zu sagen, eines Ganoven und Kleinkriminellen, der auch mit Drogen zu tun hatte. Das kam Carlos Mutter zu Ohren, außerdem erfuhr sie, dass er bei seinem letzten Job als Kellner gekündigt worden war, weil er sich in der Kasse vergriffen hatte. Ich weiß nicht, von wem sie das wusste, aber das ist auch egal. Jedenfalls wollte sie ihn so schnell wie möglich wieder loswerden, weil sie ihm noch schlimmere Verbrechen als einen Diebstahl und Drogengeschäfte zutraute. Sie warf ihn aus ihrem Haus, wobei es zu unschönen Szenen gekommen sein soll. Er habe bei der Gelegenheit die Maske fallengelassen und sein wahres Gesicht gezeigt.

Walter Grosser begann kurz darauf als Reiseleiter zu arbeiten, fing etwas mit einer amerikanischen Touristin an, die er dann in die USA begleitete.

Das war's, wir haben nie wieder etwas von ihm gehört.

Bis eines Morgens, ungefähr ein Jahr nach seinem Verschwinden, eine völlig aufgelöste Frau Nowatschek bei Carlos Mutter auftauchte und hysterisch mit einer Zeitung in der Hand herumfuchtelte …

Es ist klar, dass auch Frau Nowatschek Walter Grosser kannte, und auch ihr war er höchst suspekt, und zwar noch bevor sie von seiner kriminellen Ader erfuhr. Er behandelte sie von oben herab, sah sie als seine Bedienerin, die er mit dem Zimmer mitgemietet hatte. Er verlangte von ihr, dass sie ihm »den Staubzucker in den Arsch bläst«, wie Frau Nowatschek es ausdrückte.

Nicht nur dieser Walter Grosser, sondern auch der berühmte Fußballer gleichen Namens war in die USA ausgewandert, beziehungsweise lebte seit einiger Zeit dort, wo er sich um den amerikanischen Fußball verdient machte. Die Details habe ich nicht mehr im Kopf, ich hatte sie auch damals nicht im Kopf, um ehrlich zu sein, sie waren mir nicht wichtig.

An jenem Morgen, als Frau Nowatschek nun völlig aufgelöst bei der Mutter meines Freundes auftauchte, schlief Carlo ausnahmsweise bei mir, also in meiner Wohnung. Ich muss erwähnen, dass er damals wieder für kurze Zeit im Haus seiner Mutter lebte. Er war aus der Stadt, in der er studierte, in seine Heimatstadt zurückgekehrt, ohne das Studium abgeschlossen zu haben, was seiner Mutter schlaflose Nächte bereitete. Ich wohnte damals mit einem anderen Freund zusammen, der gerade für eine Woche verreist war.

Frau Nowatschek war völlig aus dem Häuschen und steckte Carlos Mutter mit ihrer Erregung an. Anders ist das Folgende nicht zu erklären. Ich hatte damals übrigens kein Telefon, Handys gab es noch keine, und was auch wichtig ist: Die Mutter meines Freundes war wohlhabend. Sie war Ärztin, alleinerziehende Mutter und sehr sparsam.

Was stand nun in der Zeitung, das bei den beiden Frauen Panik auslöste?

Die Schlagzeile lautete: *Bandenchef Walter Grosser in Österreich erwartet!* So habe ich es zumindest in Erinnerung. Jedenfalls Bandenchef aus den USA, hier bei uns, großes Unheil drohte.

Bei klarem Verstand wäre die Sache leicht zu entschärfen gewesen, denn die Schlagzeile stand auf einer der Sportseiten. Frau Nowatschek sah allerdings nur die Schlagzeile und sofort zog sie ihre scharfsinnigen Schlüsse: Walter Grosser, dieser windige Bursche, hatte es aufgrund seiner kriminellen Energie in den USA zum Boss einer Verbrecherbande gebracht und wollte sich jetzt in Österreich an allen rächen, die ihm damals Übles angetan hatten, ihn aus dem Haus geworfen und ihm keinen Zucker in den Arsch geblasen hatten. Außerdem wollte er hier bestimmt weiter seiner räuberischen Tätigkeit nachgehen, also zwei Fliegen mit einer Klappe erwischen.

Carlos Mutter, die schon bemerkt hatte, dass ihr Sohn über Nacht ferngeblieben war, kombinierte ebenfalls messerscharf: Walter Grosser hatte, weil er eine Rechnung mit ihr offen hatte, und weil er wusste, dass sie wohlhabend war, ihren Sohn entführt, um Geld von ihr zu erpressen. Vielleicht würde er ihm sogar etwas antun.

Dass die Schlagzeile auf einer der Sportseiten stand, kümmerte beide Frauen nicht.

Die Sache war in Wirklichkeit ganz banal: Es ging in dem Zeitungsartikel um Hallenfußball, bei dem die Bande eine Rolle spielt, also die Einfassung des Spielfeldes. Beim Hallenfußball darf der Ball die Bande berühren, der Spieler kann den Ball an die Bande schießen, von wo er in einem vorhersehbaren Winkel wieder abprallt. Wer das Spiel über die Bande gut beherrscht, kann als Banden-Chef bezeichnet werden. Und bei Walter Grosser handelte es sich anscheinend um einen solchen.

Carlos Mutter, die sich nie für Fußball interessiert hatte, schon gar nicht für Hallenfußball, überlegte nach der Schreckensmeldung, die von Frau Nowatschek atemlos überbracht worden war, fieberhaft, was zu tun war. Ganz hatte ihr Verstand noch nicht ausgesetzt, also kam ihr die Möglichkeit in den Sinn, dass ihr Karl vielleicht bei mir war. Ein Hoffnungsschimmer! Sie setzte sich ins Auto und fuhr zum besten Freund ihres Sohnes, von dem sie die Adresse kannte, weil sie ihm beim Übersiedeln geholfen hatte. Der kleine Funke Hoffnung, ihren Karl dort anzutreffen, trieb sie an. Übrigens ist es im Nachhinein betrachtet ein Wunder, dass bei dieser Fahrt kein Unfall passierte, denn sie war völlig panisch und hatte sich kaum unter Kontrolle. Bei mir angelangt läutete sie Sturm, hastete das Stiegenhaus hinauf, stürzte in die Wohnung, und als sie Karl da stehen sah, völlig verknittert und verkatert, aber sonst unversehrt, stieß sie einen Freudenschrei aus, umarmte ihn und ließ ihren Tränen freien Lauf. Carlo und ich sahen uns an, und es dauerte eine Zeit, bis wir aus ihren wirren Worten eins und eins zusammenzählen konnten.

Nie werde ich diesen Auftritt vergessen: wie diese vornehme Frau, von aller Welt respektiert, völlig aus dem Häuschen war. In Tränen aufgelöst redete sie wirr auf uns ein, wiederholte sich ständig, uns schwirrte der Kopf. Sie konnte es kaum glauben, ihren Karl bei bester Gesundheit und in völliger Freiheit anzutreffen. Immer wieder fiel sie ihm um den Hals, dann auch mir. Sie schrie, schluchzte, stammelte, sie sprach von einer Verbrecherbande unter der Leitung von Walter Grosser, die in Österreich eintreffen werde und zweifellos Übles im Schilde führe. Sie habe große Angst gehabt, dass Karl entführt worden sei, dass Grosser ihm etwas antun würde.

Wie gesagt, wir verstanden lange Zeit nur Bahnhof. Carlo war gereizt, er schämte sich wohl auch für seine Mutter.

Die Frau drängte mir schließlich einen Tausender auf, es war noch die Schilling-Zeit, und meinte, wie froh sie sei, nicht Millionen zahlen zu müssen. Sie war glücklich, dass sie ihren Karl wieder hatte, ich war glücklich über den unerwarteten Geldsegen. Keine Ahnung, was ich mit dem Geld angestellt habe. Am wahrscheinlichsten ist, dass ich es mit Carlo und den anderen versoffen habe.

*

Jetzt will ich hinausposaunen, was für ein Geheimnis mir die alte Frau Nowatschek anvertraut hat. Sie erzählte mir von einem Verwandten. Ich habe keine Ahnung, wie genau sie mit ihm verwandt war. Er war einer, und das ist das Wesentliche, der scheinbar nur darauf wartete, dass sie endlich starb, um ihre Ersparnisse zu erben. Aber sie hatte ihn durchschaut, diesen Aasgeier, und nahm sich vor, ihm eins auszuwischen. Erstens enterbte sie ihn, zweitens sammelte sie jeden Morgen ihre weißen Haare, die sie beim Kämmen und Bürsten verlor, und gab sie in ein großes Briefkuvert. Dieses Kuvert sollte besagter Verwandter nach ihrem Tod erhalten. Schade, meinte sie, dass sie sein Gesicht nicht sehen würde, aber sie könne es sich gut vorstellen. Und diese Vorstellung verschaffte ihr eine große Genugtuung. Schade, dass ich nicht weiß, ob das Kuvert nach ihrem Tod wirklich an die richtige Adresse gekommen ist. Das würde mich schon interessieren.

In Paris beobachtete ich einmal eine Szene im Straßenverkehr: Große Kreuzung, die Ampel schaltet auf Rot, Auto bremst, nachfolgendes Auto fährt hinten auf. Aus dem vorderen Auto schimpft ein Mann zum geöffneten Fenster heraus, was zur Folge hat, dass das hintere Auto ein wenig zurücksetzt, um dann mit Schwung das vordere Auto noch einmal, diesmal fester, zu rammen. Die Ampel schaltet auf Grün, alle fahren los, auch der Fahrer im gerammten Auto, nur dass der schimpfend losfährt, mit einer Hand aus dem Fenster fuchtelnd. Ich habe diese Geschichte einmal Frau Nowatschek erzählt und sie konnte es kaum glauben, dass es in Paris so zuging. Neben wahren Geschichten habe ich ihr auch einige Lügengeschichten von der großen weiten Welt erzählt. Ihr gegenüber, die nie die Landesgrenzen überquert hatte, fühlte ich mich geradezu als Weltreisender. Auf die

Lügengeschichten bin ich zwar nicht stolz, aber ich erinnere mich an die Lust, mit der ich sie völlig glaubwürdig vortrug. Immer schon habe ich gern gelogen, das Lügen versetzte mich manchmal in einen rauschhaften Zustand. Meine Phantasie sprudelte, ich wunderte mich oft selber, was mir alles einfiel. Und auch darüber, dass mir geglaubt wurde.

Wie die Lügengeschichte, die ich zwar nicht Frau Nowatschek, sondern einer anderen Frau erzählte, einer viel jüngeren. Ich weiß nicht, welcher Teufel mich damals ritt, wahrscheinlich wollte ich mich nur interessant machen. Ich hatte eine Frau kennengelernt, mit der ich im Bett landete. Der Sex war erbärmlich, ich fühlte mich elend, und dann erzählte ich ihr, dass ich ein Mörder sei. Es könnte allerdings auch sein, dass ich die Geschichte meines Mordes noch vor dem Liebesakt erzählt habe, weil ich damals Angst vor Frauen hatte. Die Frau sollte vor mir Angst bekommen. Den Mord hatte ich zusammen mit Carlo ausgeführt. Ein dunkles Kapitel.

In Paris war ich übrigens auch mit Carlo, es war eine unvergessliche Woche ziemlich am Anfang unserer Freundschaft. Die ersten zwei Tage war Erwin mit dabei, das selbsternannte Genie ohne Werk. Er war Teil der kleinen, lustigen Gruppe und glaubte, ein großer Künstler zu sein. Einer seiner Lieblingssätze lautete: »Wenn wir einmal zitiert werden!«

Ich erinnere mich, wie Carlo damals zu mir sagte, ich könne ihm alles erzählen so oft ich wolle, weil er sowieso immer wieder gleich alles vergessen würde. Als wir uns kennenlernten, war ich beeindruckt davon, dass er sich oft nicht einmal mehr an den Vorabend erinnern konnte, geschweige denn an das, was die Tage davor passiert war. Umso mehr überraschte es mich, dass er sich alles über meinen Vater gemerkt hatte …

Im Nachbarhaus zog ein neuer Mieter ein, Frau Nowatschek konnte von der Küche, wo sie sich oft aufhielt, direkt ins Schlafzimmer des neuen Nachbarn sehen. Immer wieder erzählte sie von jenem Morgen, an dem sie dort zwei nackte Männer gesehen hatte. Einer davon eindeutig der neue Nachbar.

Nein, dass es so etwas gab!

Frau Nowatschek war bis zu diesem einschneidenden Erlebnis der Meinung gewesen, »so was« gäbe es nur im Fernsehen, im Kino, in Büchern oder sehr weit weg. Denn dass es sich um »so was« handelte, war ihr sofort klar. Ich muss hinzufügen, dass ich von einer Zeit spreche, die inzwischen Jahrzehnte zurückliegt, es gab noch keine Handys und für viele auch keine Schwulen, zumindest in Österreich nicht.

Frau Nowatschek ist schon lange tot, Walter vielleicht auch. Ebenso wie Carlo, Erwin, Ernesto, Cowboy-Joe, Porno-Paul, Huscherl und wie sie alle hießen, die von der kleinen, lustigen Gruppe, wie Carlo uns nannte. Erwin, Ernesto, Porno-Paul und Huscherl erfreuen sich wahrscheinlich bester Gesundheit. Ich weiß nicht, warum ich gerade behauptet habe, sie seien vielleicht tot. Dass Cowboy-Joe gesund ist, halte ich allerdings für ausgeschlossen, denn ich habe ihn vor kurzem gesehen. Nein, die sind alle tot, auch Cowboy-Joe. Für mich sind sie schon lange gestorben, egal, ob sie noch leben. Putzi ist definitiv tot, ich habe ihn gehasst.

Karl bekam als Kind von seiner Mutter einen Hund, ich hatte das Vergnügen, dieses Tier am Ende seines Lebens kennenzulernen, also in der Endphase seines elenden Dahinvegetierens. Putzi war ein schwarzer Pudel. Als ich bei Carlos Mutter wohnte, erklärte ich mich dazu bereit, an manchen

Tagen mit Putzi spazieren zu gehen, auch als Gegenleistung für die geringe Miete. Das Ausführen des Hündchens hatte ich mir einfacher vorgestellt. Putzi litt nämlich an diversen Geschwüren und vor allem an einer akuten Altersgeilheit. Beides war widerlich anzusehen, die Kombination schlug alles. An manchen Stellen seines Fells war der Hund rasiert, damit die Geschwüre frei lagen und besser zur Geltung kamen. Stupste ihn ein fremder Hund an, fiel er um und streckte alle viere von sich. Am schlimmsten war allerdings seine Altersgeilheit. Immer wieder einmal, ich hatte einen Horror davor, ejakulierte er während unserer Spaziergänge mit angewinkelten Hinterbeinen und gekrümmtem Körper erbärmlich in die Luft. Sein Pimmel war erstaunlich lang, fleischig, mit Warzen übersät, und nach einem sexuellen Höhepunkt brauchte er eine längere Erholungsphase, bis er wieder auf die Beine kam. Er lag elendslang am Boden, leckte unermüdlich seinen ausgefahrenen, mit Warzen übersäten Pimmel ab, diese grausige, fleischige, rotviolette Stange, während ich daneben stand, peinlich berührt und angewidert. Während ich das hier erzähle, steigt mir sein Althundegeruch in die Nase, es schüttelt mich heute noch! Nie habe ich herausgefunden, was den alten Pudel bei diesen Spaziergängen so erregte. Vielleicht kann mir das einmal ein Tierarzt erklären.

Immer wieder wurde ich von netten Passanten, meist älteren Damen und Herren, darauf hingewiesen, dass es eine Tierquälerei sei, das arme Hündchen nicht von seinem Elend zu erlösen. Immer wieder wurde mir geraten, das arme Geschöpf doch um Himmels Willen einschläfern zu lassen. Ich wies die Leute darauf hin, dass es nicht mein Hund war. Das Mitleid mit der gequälten Kreatur war groß.

Putzi bot zum Schluss aber auch wirklich eine erbärmliche Vorstellung. Die Geschwüre auf den abrasierten Stellen, der Pimmel mit den Warzen – ich übergebe mich gleich.

*

Die Mutter von Carlo hatte uns also zu einer Woche Tunesien eingeladen, und wir freuten uns darauf. Wir, das waren Carlo und seine damalige Freundin Linda, ich und meine damalige Freundin Lisa. Carlos Mutter verwechselte ständig die Namen Lisa und Linda, nannte prinzipiell Lisa Linda und Linda Lisa, aber das nur am Rande. Carlo ist heute schon lange tot, und Lisa und Linda habe ich aus den Augen verloren. Nur ein paar Wochen nach der Tunesien-Reise habe ich mich von Linda, nein, Lisa getrennt.

In Tunesien war mir zu heiß, alles stieß mich ab, am meisten unsere Reisegruppe, mit der wir jetzt eine Woche lang von einer Sehenswürdigkeit zur anderen hetzen würden. Daran hatte ich im Vorhinein gar nicht gedacht, dass wir bei unserer Rundreise nicht nur Carlos Mutter, sondern auch noch andere Österreicherinnen und Österreicher ertragen mussten. Die Wirklichkeit übertraf alles, was ich für möglich gehalten hätte. Ich fühlte mich zum ersten Mal in meinem Leben alt. Warum hatte ich mich darauf eingelassen? Warum gefiel es Lisa?

Als wir in Tunis aus dem Flugzeug gestiegen waren, wurden wir auch schon in einen Bus gescheucht, und zwar vehement, dalli, dalli, und schon fuhr der Bus mit überhöhter Geschwindigkeit los. Wir rasten durch eine schicke Villengegend, unser Reiseführer, ein Tunesier, erklärte uns, dass hier die *armen Tunesier* wohnten, die erste von vielen ironischen Bemerkungen, die mich unter anderen Umständen vielleicht erheitert hätten. Jetzt trugen sie dazu bei, mich immer mehr zu deprimieren. Ich wurde den Verdacht nicht los, dass der Reiseführer uns allesamt verachtete, und ich verstand ihn nur zu gut.

Lisa genoss die Reise, ich verstand die Welt nicht mehr.

Außerdem hatte ich den Eindruck, dass Lisa von unserer Reisegruppe die einzige war, die vom Reiseführer nicht verachtet wurde. Ich hätte sie erschlagen können deswegen. Doch, so war es. Ich war eifersüchtig. Wie der Reiseführer hieß, beziehungsweise wie wir ihn nennen sollten, weiß ich nicht mehr. Ich kann mich auch an kein Gesicht erinnern. Und am Fließband stehen die einheimischen Arbeiterinnen und verpacken im Akkord Feigen oder weiß der Teufel, jedenfalls werden sie bei ihrer schweißtreibenden Tätigkeit von uns fotografiert. Ich wollte im Boden versinken, aber der Boden blieb hart. Ich habe vorgegriffen, meine Erinnerung an diese einwöchige Rundreise ist ein großes Durcheinander.

Carlo war ständig betrunken oder er machte ein Nickerchen, seine Mutter ging mir auf die Nerven. Aus lauter Freude über den Urlaub zusammen mit ihrem Sohn sah sie alles in den schillerndsten Farben.

Wir klapperten mit einem Kleinbus Tunesien ab, von oben nach unten und wieder zurück. Wir sahen Ruinen, Berber-Höhlen, Suks, wir stapften hierhin und dorthin, die Orte hießen Tunis, Sousse, Karthago, Sfax, Kairouan. Ich hasste die Ahhhs und Ohhhs der Reisegruppenmitglieder, die Witze auf dem Niveau von: *Hätt' ich jetzt gern ein Schnitzel* und *Wenn die kan Almdudler ham, geh' i wieder ham!*

Wir sahen sehr viel, nur konnte sich am nächsten Tag kaum jemand daran erinnern, was er am Vortag gesehen hatte. Es war heiß, und alle waren erschöpft von der ständigen Hetzerei in der afrikanischen Hitze. Den ganzen Tag wurde uns vom Wassermangel der Bevölkerung erzählt, am Abend badeten alle aus der Reisegruppe ausgiebig, wuschen sich den Staub und den Schweiß von ihren zum Großteil übergewichtigen Luxuskörpern und verschwendeten dabei keinen Gedanken an die Wasserknappheit. Das Problem mit dem Wasser hatte nichts mit uns zu tun, wir hatten schließlich bezahlt für unsere Rundreise, da war wohl das Wasser inbegriffen, das wäre ja noch schöner.

Ich erinnere mich an einen Abend, an dem ich mit Lisa einen Streit hatte. Während sie danach in der Badewanne lag, in diesem *kostbaren Nass*, starrte ich von unserem Balkon hinüber zu einem Rohbau, der in einiger Entfernung nahe am Ufer des Meeres stand. Ich konnte ein junges Paar beobachten, das sich dort vergnügte, ein Junge und ein Mädchen, die immer wieder laut lachten, sich küssten und umarmten. Ich heulte auf, holte tief Luft und dachte, dass ich auch dorthin zu diesem Rohbau gehören würde, mit einem Schlafsack, einer Geliebten ...

Das Lachen der beiden jungen Menschen galt nicht mir, aber es fühlte sich so an, als ob sie mich auslachen und verhöhnen würden. Ich glaube, Lisa und ich haben während der ersten Woche in Tunesien nie miteinander geschlafen. Dazu waren wir einfach zu kaputt. Und am Morgen wieder früh raus, auf zu neuen Abenteuern wie Feigen- oder Dattel-Verpackerinnen beobachten.

Carlos Mutter reiste ab, nachdem wir uns alle bei ihr für die wunderbare und erlebnisreiche Rundreise bedankt hatten.

Wir bezogen unsere Zimmer im Strandhotel El Mouradi, wo wir eine entspannte Woche verbringen wollten. Das El Mouradi war eines jener Hotels, in denen Animateure tätig waren. Ich kannte das bis dahin nur vom Hörensagen. Ich erinnere mich daran, dass einer der Animateure eines Tages in einem Häschenkostüm auf dem Hotelgelände sein Unwesen trieb. Er wurde von Hotelgästen unter lautem Geschrei und Gelächter gejagt.

Morgens und abends gab es ein Buffet, wie ich es nie zuvor gesehen hatte. Alles war in einer Hülle und Fülle vorhanden, überquellend, dass mir vor lauter Überangebot der Appetit verging.

Einmal spielten wir zu viert Tennis. Carlo trug dabei eine lange Hose mit Bügelfalten! Er hatte die Hose wahrscheinlich seiner Mutter zuliebe mitgenommen oder vielleicht hatte sie ihm die Hose extra für die Reise gekauft. Jedenfalls sah er darin grotesk aus auf dem Tenniscourt, und wenn der Ball nicht direkt auf ihn zugespielt wurde, erwischte er ihn nicht, denn es kam nicht in Frage, dass er einen Schritt zur Seite machte. Modisch wie sportlich gesehen eine Katastrophe! Eine Katastrophe ganz anderer Art stand uns aber noch bevor.

*

Als Kind war Fußball meine große Leidenschaft. Die Erlebnisse auf dem Fußballplatz gehören zu den schönsten, die ich in meiner Kindheit und Jugend erlebte. Es gab nichts Schöneres, als mit Opa auf den Fußballplatz zu gehen, an einem Samstagnachmittag, und danach ins *Safthaus*, wie ich das Gasthaus nannte. Ich habe noch Bilder im Kopf, vor allem von einzelnen Spielern, die wahrscheinlich alle nicht mehr leben, so wie mein Opa, der auch schon lange tot ist. Ich habe noch den Geschmack der Limonade auf der Zunge, das Schimpfen meines Opas im Ohr: »Gib ab, du Trottel, das gibt's doch nicht, so ein Idiot!«

Ich spielte auch selber. Neben der Siedlung, in der ich aufwuchs, gab es einen Fußballplatz mit richtigen Toren, das heißt, es gab Torstangen, das Netz fehlte, aber immerhin. Jeden Abend spielten wir dort, die Jungs aus der Siedlung. Immer wieder kam es zu Spielen zwischen rivalisierenden Gruppen und wegen der fehlenden Tornetze war es oft nicht eindeutig, ob ein Schuss ins Tor oder doch danebengegangen war. Schreiereien in der Abendsonne, während der großen Ferien, als der Ball noch rollte.

In meiner Jugend spielte ich ein paar Jahre sogar in einer richtigen Mannschaft in einer richtigen Liga. Wir fuhren mit dem Bus zu Auswärtsspielen, wir trainierten regelmäßig, bis die Oberschenkel brannten, wir waren eine Gemeinschaft, lauter normale Jungs, keine Exzentriker darunter, keine Egomanen, Spinner, Alkoholiker, Selbstmörder ... Wir unterschieden uns ein bisschen von den anderen Mannschaften. Es war so, dass vor Beginn eines Meisterschaftsspieles immer dasselbe Ritual stattfand, die gegnerische Mannschaft und der Schiedsrichter wurden mit einem dreifachen »Zickezacke! Zickezacke! – Hoi! Hoi! Hoi!« begrüßt. Der Kapitän der jeweiligen Mannschaft sagte: »Wir begrüßen den Schiedsrichter und die gegnerische Mannschaft mit einem dreifachen«, und dann brüllte er: »Zickezacke! Zickezacke!«, und die ganze Mannschaft brüllte: »Hoi! Hoi! Hoi!« Das wiederholte sich dann dreimal hintereinander: »Zickezacke! Zickezacke!« – »Hoi! Hoi! Hoi!«, »Zickezacke! Zickezacke!« – »Hoi! Hoi! Hoi!«, »Zickezacke! Zickezacke!« – »Hoi! Hoi! Hoi!« Alle Mannschaften in der Liga verwendeten diese Grußformel, was nicht gerade einfallsreich und schon gar nicht abwechslungsreich war, und so beschlossen wir eines Tages, uns etwas anderes einfallen zu lassen. An ein paar unserer innovativen Sprüche kann ich mich erinnern: »Milchflasche, Milchflasche – Gluck! Gluck! Gluck!«, »Schnapsflasche, Schnapsflasche – Gluck! Gluck! Gluck!«, aber auch: »Hundehütte! Hundhütte! – Wuff! Wuff! Wuff!«, wobei wir alle laut zu bellen begannen.

Das war damals eine gute Zeit, die einzige, in der ich Teil einer echten Gemeinschaft war. Jetzt, da ich davon erzähle, sehe ich die Jungs vor mir, nicht alle, aber doch einige. Den kleine Litti, den langen Hummel, den dicken Wastl ... Was wohl aus ihnen geworden ist? Ich habe keine Ahnung, wir wohnen schon lange nicht mehr im selben Teil der Welt. Ich denke aber, die meisten von ihnen werden ihren Weg gemacht haben, sind heute Familienväter und Stützen der Gesellschaft.

Auf dem Fußballplatz war ich glücklich, zusammen mit meinen Freunden, uns verband die Lust am Spiel, die Freude über einen Sieg, über einen gelungenen Spielzug, die Niedergeschlagenheit nach einer Niederlage. Ich kann mich an mein erstes Bier erinnern, am Spielfeldrand nach einem Spiel. Wir teilten uns zu zweit eine Flasche. Nach den ersten Schlucken veränderte sich die Welt. Alles begann zu leuchten, zu glitzern, zu funkeln ...

*

Während der Schulzeit, vor allem im letzten Schuljahr, dachte ich immer wieder, ich würde gerne *Verrückte* kennenlernen, damit meinte ich Menschen, die andere Ziele im Leben hatten als einen guten Schulabschluss, eine Familie zu gründen, ein Auto, einen Hund, ein Eigenheim zu besitzen und ähnliches.

Manchmal stellte ich mir vor, dass ich nackt im Garten meines Elternhauses herumrennen und dabei so laut schreien würde, dass alle erkennen würden, dass ich ein freier Mensch war, der wusste, worauf es ankam.

Mein Leben ist kein fertiges Gebäude, sondern besteht nur aus verlassenen Baustellen. Aber nicht nur mir, den meisten von uns ist nie etwas gelungen, auf das wir heute stolz wären. Ich spreche von der kleinen, lustigen Gruppe, wir vertrieben uns die Zeit mit allen möglichen Verrücktheiten, im Größenwahn waren wir gut.

Ich muss an Erwin denken, die Bohnenstange, wie er damals Hals über Kopf Paris verlassen hatte, weil ihn dort niemand kannte. Er war der Meinung, er sei der größte Künstler Europas, zumindest in spe. Er brauchte seine Stammkneipe, wo man ihn kannte und er sich aufplustern konnte. Immer hatte er ein dickes Notizbuch unter dem Arm, in das er ständig etwas kritzelte, er bastelte permanent an künstlerischen Projekten.

Ich ließ mich anfangs von seinem nie ermüdenden Einfallsreichtum beeindrucken, von seinen skurrilen Vorhaben und abstrusen Gedankengängen. Ich hungerte nach dem wahren Leben, das mir nur in einem künstlerischen Milieu möglich schien. »Wenn wir einmal zitiert werden«, sagte Erwin und meinte damit seine glorreiche Zukunft. Er hatte zeitweise ziemlich üblen Mundgeruch und nie eine Freundin. Er lebt heute noch, ist jetzt aber *eins mit den letzten Dingen*, wie er mir, als wir uns schon längst nichts mehr zu sagen hatten, einmal mitteilte – mit religiösem Hundeblick und aufeinandergepressten Lippen. Als Künstler hatte er es nicht geschafft, ein Großer zu werden, also hing er sich an den Allergrößten überhaupt: Gott Vater, Gott Sohn und Gott Heiliger Geist: Gott Hoi, Gott Hoi und Gott Heiliger Hoi. Zickezacke, zickezacke!

*

Mit Carlo schoss ich einmal mit einem Luftdruckgewehr auf die Glocken eines Kirchturms, weil uns das Gebimmel auf die Nerven ging. Auf rohe Eier haben wir auch geschossen, wie auch auf die Türglocke der Familie Hofbauer, die im Nachbarhaus gegenüber Carlos Mutter wohnte. Mitten in der Nacht versuchten wir über eine Distanz von etwa zwanzig Metern diese Türglocke zu treffen. Anschließend rief Carlo bei der Polizei an, um die Schüsse zu melden. Er spielte einen besorgten Nachbarn, der seinen Namen nicht nennen wollte.

Carlo ist mit seinem Auto verunglückt, er war wahrscheinlich sternhagelvoll und verstarb noch an der Unfallstelle.

Ein Spiel mit einem Auto, das wir immer wieder spielten:

Wir würfelten, wobei eins und zwei links bedeuteten, drei und vier rechts, fünf und sechs geradeaus. Wir notierten die Richtungen, die wir würfelten, also etwa: L, L, G, L, R, L und so weiter, bis wir eine lange Liste hatten, setzten uns ins Auto und fuhren los. Einer gab die L-R-G-Anweisungen, also die Links-Rechts-Geradeaus-Anweisungen, der am Steuer befolgte sie.

Jedes Mal hofften wir, einmal auf die Autobahn zu gelangen und ganz weit fahren zu müssen, bis ans Ende der Autobahn, weil die nächste Anweisung L lautete, aber schummeln galt nicht. Weiters hofften wir immer, am Ziel unserer

Fahrt etwas Besonderes und Außergewöhnliches zu entdecken, wurden aber jedes Mal enttäuscht. Meistens landeten wir in einem völlig öden Außenbezirk, gingen trotzdem gespannt auf die Suche. Wir lasen die Namensschilder an den Häusern, vielleicht würde uns ja ein Name auf die Spur des Außergewöhnlichen führen, aber nichts da. Der Weg war das Ziel, wir lachten viel, wir fühlten uns gut, waren arrogant und fühlten uns den Schnarchnasen, die in ihren geregelten Bahnen so ganz ohne Schnapsideen dahinlebten, überlegen.

Zur Gruppe zählten, ich habe sie schon genannt:

Carlo, damals ewiger Jusstudent, zu dem ich das innigste Verhältnis hatte.

Erwin, der Möchtegernkünstler ohne Werk.

Walter, der spätere vermeintliche Bandenchef.

Cowboy-Joe, der immer eingeraucht war, auf Neil Young stand und von dem ich nicht wusste, wovon er eigentlich lebte.

Huscherl, ein weltfremder Phantast, der stundenlang über den Kosmos schwadronieren konnte, wenn man ihn ließ.

Der dicke Ernesto mit seiner Leidenschaft für ein besonderes Pferderennen.

Den harten Kern bildeten Carlo, Erwin und ich.

Wir saßen im Haus von Carlos Mutter herum, wussten nicht, was wir anstellen sollten, bis jemandem von uns die vielen Bananen in der Obstschüssel auffielen. Ich weiß nicht, wer die Idee zu dem Spiel hatte, sie wurde jedenfalls sofort in die Tat umgesetzt.

Wir waren zu fünft, der harte Kern plus Ernesto und Cowboy-Joe. Autos hatten wir zwei, das von Carlo und das von Erwin.

Eine Banane wurde auf die Straße vor dem Haus gelegt, man musste mit dem Auto um den Häuserblock fahren, in die Straße mit der Banane einbiegen, auf 50 km/h beschleunigen und mit dem linken Vorderrad die Banane treffen. Je nachdem, wie gut man sie erwischte, wurden Punkte vergeben. Die Punkterichter waren alle, die gerade nicht fuhren, die Punkte wurden mit Filzstift auf Erwins Auto notiert. Die meisten Punkte gab es, wenn die Banane so erwischt wurde, dass es spritzte oder sie effektvoll aus der Schale fuhr.

Wir waren begeistert bei der Sache, johlten, applaudierten, irgendwer von uns ging später im nahe gelegenen Lebensmittelgeschäft Bananen-Nachschub kaufen, und ich kann mich gut an die arme Frau Hofbauer erinnern, die am Fenster stand, hinter dem Vorhang versteckt, und mit großen Augen unser Treiben verfolgte. Fünf erwachsene Männer, zwei Autos und viele Bananen.

Eines Morgens fuhren wir mit dem Auto auf einen Berg, so weit wie möglich, dann wanderten wir zu Fuß bis zum Gipfelkreuz, wo wir eine recht große Puppe ans Kreuz nagelten. Das war keine spontane Aktion, denn neben der Puppe hatten wir Hammer, Nägel und rote Farbe dabei. Die Kreuzigung allein genügte uns nicht. Die Puppe war nackt und wir befestigten sie unter dem halbnackten Jesus. In ihrem Kopf steckte auch ein Nagel, Blut rann von dort bis zwischen ihre Beine. Über der gequälten, nackten, blutüberströmten Puppe hing der hölzerne Jesus, der die Augen von ihr abgewandt zum Himmel erhoben hatte. Nachdem das erledigt war, fuhren wir wieder zurück in die Stadt, im Bewusstsein, etwas Großes vollbracht zu haben.

Ein anderes Mal kauften wir ein ziemlich großes Stück Fleisch, nur um es vom Stadtberg hinunter in die Stadt zu werfen. Dass das mitunter für andere gefährlich werden konnte, daran dachten wir nicht. In der Stadt gab es viele Selbstmörder, die den Weg unseres Fleisches gingen. Auch einer meiner damaligen Bekannten, an dessen Namen ich mich nicht mehr erinnere. Einer der Gründe für seine Verzweiflung war wohl Liebeskummer gewesen, denn er hatte mir bei einem unserer Lokalbesuche die Ohren von seiner unglücklichen Liebe vollgesungen. Zu später Stunde – wir waren die letzten Gäste – lachte plötzlich der Kellner hinter uns los. Er stand mit dem Rücken an die Wand gelehnt, hatte die Arme vor der Brust verschränkt, und war Ohrenzeuge unseres Gesprächs über Frauen gewesen. Und irgendwann hielt er es nicht mehr aus und platzte los: »So eine Scheiße über Frauen habe ich überhaupt noch nie gehört!«

Ich musste ihm irgendwie Recht geben.

Ein paar Tage später stürzte sich der unglücklich Verliebte in den Tod, was ich von Carlo erfuhr, der ihn besser kannte, sie waren zusammen in die Schule gegangen.

Von Liebeskummer kann auch ich ein Lied singen, aber wer nicht?

Lisa, die einzige Frau, die ich …

Stimmt nicht!

Tie a yellow ribbon 'round the old oak tree …

Carlo hat ein bisschen Klavier gespielt, das er gezwungenermaßen lernen musste. In gewissen Kreisen gehört das Erlernen eines Musikinstrumentes eben zum guten Ton. Ich erinnere mich an Carlos unsägliche Spielweise, fern aller Musikalität. Sein ganzes Repertoire bestand aus einem sogenannten Boogie-Woogie, den er immer dann spielte, wenn er betrunken war und sich gerade ein Klavier in der Nähe befand. Wie er nüchtern spielte, weiß ich nicht, betrunken spielte er jedenfalls grauenhaft. Er hackte auf die Tasten ein, dass man Mitleid mit dem Klavier bekam, aber nicht nur mit dem Klavier, sondern auch mit ihm. Er hatte kein Rhythmusgefühl, traf selten die richtigen Tasten, es war, als rächte er sich an dem Instrument mit seinem Boogie-Woogie – allein diese Bezeichnung! – für all die Etüden, die er hatte üben müssen …

In der Schule, Unterstufe, haben wir gelegentlich Lieder gesungen, später nicht mehr. Mein Lieblingslied hieß *Wahre Freundschaft*, ich habe heute noch Textzeilen davon im Kopf: *Wahre Freund-schaft so-oll nicht wa-an-ken, wenn sie glei-eich ent-fer-ne-et ist …*

Ein anderes Lied, das ich gern sang, ein Kanon, ging so: *Viele viele viele viele Künste, vieee-le Künste kann der Teufel, aber singen, aber singen, aber si-i-i-i-i-i-i-i-ngen kann er nicht* oder so ähnlich.

Sympathy for the Devil kam erst später.

*

Carlo war schon älter, er war kein Grünschnabel wie ich, der noch sein ganzes Leben vor sich hatte. Carlo war drei Jahre älter als ich. Er hatte etwas Fürsorgliches. Ich konnte ihm alles erzählen, so oft ich wollte, konnte mich von vielem befreien, mir Luft machen, er hörte mir immer geduldig zu, gab mir *nette* Ratschläge. Alles, was ich mit Carlo machte, begeisterte mich. Es sollte in Zukunft immer so sein.

Wir lebten anfangs in unterschiedlichen Städten, Carlo und ich, manchmal besuchte ich ihn. Als ich ihn das erste Mal besuchte, schlug er vor, erst einmal einkaufen zu gehen. Diesen Einkauf werde ich nie vergessen, ich hatte so etwas vorher noch nicht erlebt. Wir fuhren mit seinem Auto zum Supermarkt – die Tatsache, dass er ein eigenes Auto besaß, beeindruckte mich.

Baby, you can drive my car …

Im Supermarkt beeindruckte mich dann Carlos Einkauf, er füllte den Einkaufswagen bis zum Anschlag mit Spirituosen, Wein und Bier. Die Bezahlung übernahm er, mein Geld hätte nur für ein paar Doppler gereicht.

Außerdem hatte Carlo einen Flipper-Automaten in der Wohnung. Eine Sensation! Nie vorher oder nachher spielte ich so viel Flipper wie bei ihm, und zwar so lange, bis die Nachbarn kamen.

Carlo hatte Geld, daran fehlte es ihm nicht. Seine Mutter hatte ihm gegenüber ständig ein schlechtes Gewissen, vor allem wegen des fehlenden Vaters und wegen ihrer Abwesenheit, als er Kind war, geschuldet dem zeitraubenden, verantwortungsvollen Beruf. Das schlechte Gewissen wurde durch Geldzuwendungen beschwichtigt. Das kommt in den besten Familien vor.

Ich war begeistert, wir tranken wie die Weltmeister, machten Blödsinn wie die Weltmeister. Wir redeten die Nächte durch, wiederholten uns dabei ständig. Schön! Oder *nett*, wie Carlo so gern sagte.

Carlo war etwas Besonderes, endlich war ich einem Verrückten begegnet, er schoss den Vogel ab, wie es so schön heißt, und mit meinem Luftdruckgewehr schossen wir später auf rohe Eier – was für ein Spaß!

Das Luftdruckgewehr setzten wir öfter ein. Einmal war die Klingel des Nachbarhauses das Ziel, ein anders Mal waren es die Glocken eines Kirchturms. Von Carlos Balkon zielten wir mit dem Luftdruckgewehr auf diese Glocken, ich fühlte mich frei wie nie zuvor, mein Leben hatte endlich begonnen.

In einem Spielzeuggeschäft kauften wir einen kleinen Segelflieger, dazu gab es eine Schleuder mit einem Gummiband. Man hängte den Flieger beim Gummi ein, spannte den Gummi, und wenn man losließ, sauste der Flieger dahin. Wir kauften auch ein paar 10 cm lange Knallkörper (Kracher) und ein Tixo Klebeband.

Es war ein schöner Herbsttag, wir gingen zum Fluss, auf der Promenade spazierten Eltern und Großeltern mit Kindern, Liebespaare und so weiter, es war Samstag Nachmittag, die Welt lag friedlich im Sonnenlicht.

Carlo und ich präparierten unseren Flieger, indem wir links und rechts an den Flügeln jeweils einen Kracher gut mit Tixo befestigten. Carlo hakte den Gummi beim Flieger ein, spannte den Gummi, ich rieb mit der Reibfläche einer Streichholzschachtel über die Reibköpfe der Knaller, und kaum waren beide entzündet, ließ Carlo den Flieger sausen. Er flog ein Stück weit und stürzte gleich einmal ab in den ruhig dahinströmenden Fluss. Wir waren enttäuscht.

Aber zu unserer großen Überraschung explodierte die Sprengladung dann im Wasser.

Wir hüpften vor Freude und schlugen die Hände zusammen!

Ich erinnere mich an eine Großmutter, die mit zwei Kindern vor uns flüchtete …

Leider hatten wir nur ein einziges Flugzeug gekauft, wir wollten die Sache beizeiten wiederholen, aber dazu kam es nicht mehr.

Carlo, Erwin, Walter und ich fuhren mit Carlos Auto, einem VW Käfer, sehr langsam durch die Stadt, zündeten Knaller und warfen sie aus dem geöffneten Fenster. Einmal wurde ein Knaller schlecht geworfen, er prallte zurück und explodierte unter dem Vordersitz, was zu starker Rauchentwicklung führte. Es qualmte richtig schön aus den Fenstern.

Wir hatten ein amüsiertes Publikum, dem wir aus dem Rauch zuwinkten.

Bodennebel in einer kalten Nacht:

Es war eine spontane Aktion und fand bei dichtem Nebel auf einem freien Feld statt. Wir waren in großer Besetzung, die oben erwähnten und noch ein paar von der Gruppe. Über das Feld, eigentlich eine Wiese, führten asphaltierte Wege, die sich in der Mitte kreuzten. In meiner Erinnerung säumten Laternen die Wege, vielleicht kam das spärliche Licht aber auch vom Vollmond, der sich tapfer durch den Nebel kämpfte.

Wir waren auf dem Weg von Erwins Wohnung, wo wir uns manchmal trafen, zu einer unserer Lieblingskneipen. Wir nahmen die Abkürzung über die Wiese, als wir plötzlich hörten, dass uns jemand entgegen kam. Wir reagierten schnell und wie abgesprochen, wessen Idee es war, keine Ahnung, jedenfalls waren wir gerade bei der Kreuzung angekommen, einer von uns legte sich auf den Boden, die anderen erstarrten in fixen Posen, die meisten leicht über den Liegenden gebeugt, und so warteten wir schweigend ab, wie versteinert.

Wir hörten zwei Stimmen, sie waren von einem Mann und einer Frau, die beiden kamen näher, und ich würde viel darum geben, zu wissen, was in ihnen vorging, als sie plötzlich unsere Gruppe im Nebel auftauchen sahen. Mit einem

Schlag erstarb ihr Gespräch, kurz darauf ein Flüstern, sie blieben stehen, gingen dann weiter, die Schritte beschleunigten sich, die beiden machten einen großen Bogen um uns.

Auch als wir schon lange nichts mehr von ihnen hörten, standen wir immer noch stumm und starr an der Kreuzung im Nebel. Ich weiß nicht mehr, wer den Bann gebrochen hat, ich nehme an, es war Huscherl, der immer Wespen im Hintern hatte und bei dem es im Nachhinein einem Wunder gleichkommt, dass er die Sache nicht vermasselt hat.

*

In Tunesien, als ich mit der unsäglichen Reisegruppe unterwegs war, hatte ich immer wieder große Lust, mich abzusondern und nach Sizilien hinüberzuschwimmen. Sizilien war von Tunesien ungefähr 140 km entfernt, damals war ich noch jung … Und trotzdem fühlte ich mich unglaublich alt, zum Beispiel als wir ein Berberdorf besuchten – einer der vielen Programmpunkte der gebuchten Reise.

Bei den Berbern handelte es sich um hauptberufliche Berber, die uns ihre Höhlen zeigten und sich mit uns fotografieren ließen. Lisa schlüpfte für so ein Foto sogar in eine traditionelle Berber-Tracht. Es gibt da dieses Foto, auf dem ich neben einer verkleideten Lisa stehe und in die Kamera lächle. Der Reiseführer machte seine Witzchen, ich grinste dümmlich. Wie war ich nur in diesen Albtraum hineingeraten?

Das erinnert mich an eine der ersten Geschichten, die mir Carlo erzählte. Er war während einer Interrail-Reise mit dem Zug in Frankreich oder Portugal unterwegs, saß in einem vollen Sechserabteil, wo er sich mit den netten Leuten auf nette Art und Weise unterhielt. Alles war bestens, irgendwann machte er ein Nickerchen, und als er wieder aufwachte, war alles anders.

Die netten Leute, mit denen er sich vorher so nett unterhalten hatte, machten nun einen geradezu feindseligen Eindruck auf ihn, es herrschte eisiges Schweigen und sie straften ihn mit verächtlichen Blicken, es schlug ihm sogar purer Hass entgegen, wie ihm schien. Carlo war schweißgebadet und erinnerte sich nur dunkel an den Traum, den er während des kleinen Nickerchens gehabt hatte: einen sehr erotischen Traum, in dem er im besten Fall gestöhnt und im schlimmsten Fall weiß der Teufel was getan hatte. Jedenfalls hatte er alle Sympathien der Mitreisenden verspielt. Niemand verabschiedete sich am Schluss von ihm, und er schaute verloren aus dem Fenster.

Wäre er während seines Schlafes gefilmt worden, was wäre auf dem Film zu sehen gewesen?

Vielleicht gibt es im Himmel eine Instanz, wo man sich etwas wünschen darf, zum Beispiel Aufnahmen von längst vergangenen Ereignissen, längst verstorbenen Menschen. Ich würde mit folgender Liste vorsprechen: Carlos Nickerchen im Zug, Bauernkriege, wie ich in England zusammengeschlagen wurde, mein Vater als vierjähriger Junge, als neunjähriger, als sechzehnjähriger, die zehn Minuten vor seinem Tod …

Carlo machte oft seltsame Dinge im Schlaf. Er neigte zum Schlafwandeln, wenn er zu viel Bier intus hatte und auf die Toilette musste. Einmal wurde er von Linda im Stiegenhaus erwischt, wie er gerade splitternackt in eine Ecke pinkelte. *Nett.*

Lisa hatte ein noch eindrucksvolleres nächtliches Erlebnis mit ihm, auch da musste er dringend Wasser lassen. Die beiden übernachteten im Haus von Carlos Mutter, schliefen aber in benachbarten Zimmern. Lisa erzählte, dass mitten in der Nacht plötzlich der pudelnackte Carlo in ihrem Zimmer aufgetaucht sei, den Kleiderschrank neben ihrem Bett geöffnet und seelenruhig hineinpinkelt habe. Sie sprach ihn vorsichtig an, aber er reagierte nicht. Nachdem er fertig war, verließ er das Zimmer, legte sich brav in sein Bett und schnarchte weiter.

Die Sache mit dem Kleiderschrank war ihm am nächsten Tag peinlich, er konnte sich aber nicht daran erinnern. *Sehr nett.*

Mir ist in Paris eine Geschichte passiert, die man auch als Peinlichkeit verbuchen könnte, damals kannte ich Carlo noch nicht. Ich war ein Spätzünder, konnte mir meistens nicht vorstellen, jemals richtigen Sex mit einer richtigen Frau zu haben, das heißt, vorstellen konnte ich es mir schon, tat das auch von früh bis spät, aber zwischen Vorstellung und Realisierung war ein Abgrund, mehrere Kilometer breit.

Nun machte sich aber eine euphorische Aufbruchsstimmung breit, und ich war mir sicher, bald die Wollust des Fleisches, also die Unkeuschheit, kennenzulernen – Wörter, die mir aufgrund meiner katholischen Erziehung in Fleisch und Blut übergegangen waren. Meine Lebensgier war überschäumend – ich hatte ein sehr gutes Gefühl, was Paris anbelangte.

Die Sache ließ sich auch hervorragend an. Schon im Zug lernte ich ein französisches Mädchen kennen, mit dem ich mich erstaunlicherweise ganz und gar nicht schüchtern unterhielt. Wir blieben im Abteil ungestört von anderen Reisenden, zogen die Sitze aus und legten uns zum Schlafen nebeneinander.

Irgendwann legte sie im Schlaf ihren Kopf auf meine Schulter, was mich beinahe um den Verstand brachte. Ich konnte nicht genug bekommen von ihrem Duft, ich platzte fast vor Liebeshunger, ich wollte ewig so weiterfahren, ich war viel zu aufgeregt, um schlafen zu können, und viel zu feige, um irgendwas zu unternehmen. Ich träumte mit offenen Augen von einer wunderbaren Zukunft in den Armen vieler Mädchen und Frauen, ja, kein weibliches Wesen war von meiner Sehnsucht ausgenommen, mein Verlangen nach Sex ließ mich fast überschnappen …

Kurz vor Paris musste das Mädchen aussteigen, ich weiß nicht einmal mehr ihren Namen, wir standen uns schweigend gegenüber, sie schenkte mir einen Pfirsich, ich wusste nicht, was ich sagen sollte, ich war zu feige, nach ihrer Adresse zu fragen, es wäre mir in dem Moment aber auch irgendwie uncool vorgekommen.

In Paris angekommen begab ich mich Richtung Clichy, wo es billige Hotels gab. Ein Freund hatte mir das Hotel de l'Independance in der Rue des Dames empfohlen, Hotel und Straße hießen wirklich so, was für ein Vorzeichen! Auf dem Weg dorthin wollte ich noch mein ganzes Geld aus dem Brustbeutel in verschiedenen Taschen verteilen, denn obwohl im siebten Himmel wegen meiner Zugbekanntschaft, war mir klar, dass es Leichtsinn wäre, so viel Geld in einem einzigen Beutel, der noch dazu um den Hals hing, mit sich herumzutragen. Als Fünfzehnjähriger in England hatte ich schon schlimme Erfahrungen gemacht …

Ich wanderte also in Clichy herum, auf der Suche nach einer stillen Ecke, wo ich unbeobachtet mein Geld aufteilen konnte.

Und dann, ich konnte mein Glück nicht fassen, begegnete mir eine Frau, sie stellte sich mir einfach in den Weg!

Sie war sehr attraktiv, aber was mich ein wenig störte, waren die zahlreichen Kinder, die um sie herumwuselten. Egal, die würden wir schon loswerden.

Und jetzt kommt's (im Nachhinein verstehe ich nicht, wie ich darauf hereinfallen konnte, aber die Wege des Eros sind oft unergründlich): Die schöne Frau hielt mir einen Karton unter die Nase, auf dem stand, dass sie Hunger habe und viele Kinder, aber kein Geld …

Ich griff in meine Hosentasche, wo sich meine Geldbörse mit den Münzen befand, beschenkte die Frau großzügig und fühlte mich gut.

Es wird noch peinlicher, wenn ich erwähne, dass mich die Frau an der Brust berührte, ja, sie streichelte mich unter dem Karton, befingerte zärtlich meine Brust, ich war begeistert und dachte, das geht so aufregend weiter, wie es im Zug begonnen hatte, hier in Paris würde es endlich passieren. Die Frau bedankte sich schließlich, ich war hingerissen von ihr, hatte mich in den wenigen Minuten Hals über Kopf verliebt, aber nicht nur in sie, sondern in alle Frauen von Paris, ich winkte ihr nach, sie hatte es plötzlich eilig, ich drehte mich um, hatte noch ihr berauschendes Parfüm in der Nase, ging beschwingt ein paar Schritte, und plötzlich, wie vom Donner getroffen, wie vom Blitz gestreift erstarrte ich, noch bevor mir so richtig bewusst wurde, was passiert war. Dann schwappte die Welle über mir zusammen.

Ich griff nach meinem Beutel – er war weg. Ich drehte mich um, die schöne Frau war auch weg. Über alle Berge, und das mitten in Paris.

Ich bekam Atemnot, es zog sich alles in mir zusammen, Scham und Wut, Taumel und Bodenlosigkeit – das ganze Geld!

Was war ich doch für ein Frauenheld! Immerhin hatte ich noch die Adresse von einem gewissen Marco, einem Maler, der im gleichen Ort wie ich aufgewachsen war und seit einiger Zeit in Paris lebte. Ich hatte eigentlich nicht vorgehabt, ihn aufzusuchen, weil er mir schon öfter ziemlich auf die Nerven gegangen war mit seiner überschwänglichen Kunst-Euphorie. Außerdem ließ er sich gern endlos und in den höchsten Tönen über seine zahlreichen sexuellen Eskapaden aus, was für mich einer Tortur gleichkam. Jedenfalls wollte ich ihn aufsuchen und mir von ihm Geld leihen.

Marco bewohnte ein winziges Zimmer in der Rue d'Amsterdam, und die erste Frage, die er mir nach unserer Begrüßung stellte, war: »Kannst du mir Geld leihen?«

Er hatte also auch kein Geld, allerdings eine Gitarre, und mit der setzten wir uns schließlich in einen der Metro-Gänge, wo wir abwechselnd oder auch miteinander Lieder sangen und dazu klampften. Wir wurden nicht reich, aber es kam doch einiges zusammen, das heißt, wir mussten weder hungern noch dursten. Ich weiß nicht mehr genau, was für Lieder wir sangen, irgendwelche englischen und amerikanischen Gassenhauer, also Lieder von Pop- und Rockgrößen, darunter Neil Young, Bob Dylan, Doors, Stones, Beatles und Joni Mitchell. Marco hatte auch was Südamerikanisches im Repertoire, irgendein beschwingtes Liedchen, das mir nach dem dritten Mal ziemlich auf die Nerven ging. Österreichische Volkslieder sangen wir jedenfalls keine, also vielleicht die eine oder andere Zeile von dem ein oder anderen Lied, aber wir hatten absolut nichts am Hut mit österreichischen Volksliedern. Vielleicht wären wir damit sogar besser angekommen als mit den Liedern, die allseits bekannt waren, mit dem internationalen Brei. Ist *Wahre Freundschaft* ein österreichisches Volkslied? *In Muetters Stübele, do goht der Hm, Hm, Hm* – davon hätte ich zumindest die erste Strophe singen können. Ein trauriges Lied, es handelt von einer armen Familie, die Kinder müssen betteln gehen, die Wohnung ist kalt, der Wind bläst durch.

Mein Vater hatte im Kirchenchor gesungen, er kannte bestimmt viele Lieder. Ich kann mich aber nicht daran erinnern, ihn je singen gehört zu haben.

Er starb überraschend an einem schönen Frühlingstag. Der Infarkt ereilte ihn beim Streichen des Balkongeländers. Ich konnte mich nicht von ihm verabschieden, vieles war unausgesprochen geblieben. Schlimm nach seinem plötzlichen Tod war für mich, dass da auch ein Gefühl der Erleichterung war.

Ich muss daran denken, wie mir mein Vater einmal eine Ohrfeige gab, weil ich im Klo vergessen hatte, die Spülung zu betätigen. Der Anblick meines kleinen Scheißhaufens brachte ihn dermaßen in Rage, dass er völlig ausrastete. Ich verstand die Welt nicht mehr. Deswegen eine Ohrfeige! Habe ich das geträumt? Ich weiß es nicht.

Wie oft Carlo Georges Bataille zitierte, Sätze, die ich heute noch im Ohr habe, sie passten so gut zu allem, was ich erlebt hatte, durch meine Adern floss eine Schmutzbrühe, ich wollte endlich nackt und schreiend auf der Wiese vor meinem Elternhaus herumlaufen. »Ich habe Scheiße in den Augen. Ich habe Scheiße im Herzen.«

Ich habe einen kleinen Mann im Ohr, einen dicken Freund, der singt mir manchmal Liedchen vor. »Der Himmel singt aus vollem Halse, der Himmel singt, der Blitz singt, der Glanz der Sonne singt …« Wie konnte Carlo nur so schrumpfen?

»Ich reibe mir den Schwanz mit Trauben und wische mir den Arsch mit Äpfeln.« Wir träumten davon, Trauben zu stampfen in einem hölzernen Bottich, und das Wischen des Arsches mit Äpfeln war auch ein Thema, das uns beschäftigte. Das waren Sätze, die uns abheben ließen, mit denen wir Distanz schafften zu all denjenigen, denen wir aus dem Weg zu gehen versuchten, denjenigen, die mit ihren Füßen im Boden der Realität steckengeblieben waren.

Irgendwann sind wir zusammengezogen, Carlo und ich.

»Seid nicht traurig, bald ist das Leben vorbei«, hatte ich auf ein Fenster in meinem Zimmer geschrieben, und zwar mit Tipp-Ex, das ich damals noch verwendete. Das Zitat war aus dem Buch *Kneipenlieder* von Rainer Brambach und Frank Geerk.

An den Wänden hingen mindestens 200 Bilder von Roland Topor, ausgeschnitten aus einem dicken Prachtband, den ich mir geleistet hatte. Ich erinnere mich an eine Nase mit Strich-Beinen, die ein Gesicht verlässt, an eine Faust in einem Gesicht, eine Fliege auf einem Gesicht, das nur aus einer leeren Fläche besteht, also ohne Augen, Ohren, Nase und Mund …

Ein Buch von Topor, das wir beide gelesen hatten, hieß *Memoiren eines alten Arschlochs,* ein anderes *Der schönste Busen der Welt.*

Zwischen unseren Zimmern lag die Küche. Bald reagierte ich allergisch auf das Geräusch, das entstand, wenn Carlo eine Bierflasche öffnete.

Auf unserem Klo lag neben vielen anderen Büchern *Das obszöne Werk* von George Bataille, es war voller monströser Sätze, wie ich sie nie vorher gelesen hatte. Während man sein großes Geschäft verrichtete, konnte man Sätze lesen wie: »Marie zieht den Schwanz eines Betrunkenen hervor« … »Marie lernt den Zwerg kennen« … »Marie beißt dem Zwerg in den Schwanz« … »Marie scheißt auf das Erbrochene« …

Ich sehe Carlo vor mir und höre ihn sagen: »Nett.«

Carlo besaß eine Vielzahl verschiedener Ansichtskarten aus der Edition von Klaus Staeck, die bekannt war für ihre frechen, linken, anarchischen Motive. Einmal schickte er mir eine solche Karte aus seiner Sammlung nach Hause, ich war gerade bei meinen Eltern auf Besuch, und sie fiel meinem Vater in die Hände. Der sah sofort rot, denn die Karte war seiner Meinung nach ein untrügliches Zeichen dafür, dass ich neuerdings Kontakt mit Kommunisten hatte.

Die Karte, die meinen Vater dermaßen empörte, machte sich auf derbe Weise über Franz Josef Strauß lustig. Sie zeigte den damaligen bayerischen Ministerpräsidenten in Metzgerschürze, ein Messer wetzend, dazu der Text: »Entmannt alle Wüstlinge! Wählt christlich!«

Auch als Fußballer habe ich versagt. Mein Vater kam ein einziges Mal zu einem unserer Meisterschaftsspiele, einem Auswärtsspiel. Es war am Anfang der Saison, wir waren an der Tabellenspitze, bislang ungeschlagen, und trafen auf unseren Verfolger, den Tabellenzweiten. Das Endergebnis lautete 6:0. In der Folge verloren wir ein Spiel nach dem anderen, trotz »Mausefalle, Mausefalle, pieps, pieps, pieps« und »Stilles Örtchen, Stilles Örtchen, pffft, pffft, pffft«. Scheißhaus zu sagen, wagten wir nicht.

*

Mein Großvater starb, während ich in Worthing in England war, einen Tag bevor ich wieder zu Hause ankam. Am Sterbebett soll er immer wieder gesagt haben, er sei schon sehr neugierig, was ich so Aufregendes erlebt habe. Offenbar wurde er von meinem Vater nicht aufgeklärt oder er wollte mir nicht die Show stehlen, ich weiß es nicht. Oder meine Großmutter hatte gelogen. Gott hab sie selig. Nein, es war so, dass nur mein Vater die ganze Wahrheit kannte, er hatte auch meiner Mutter nichts davon erzählt. Und den Großvater ließ er dumm sterben.

In England war ich bei einem Ehepaar untergebracht, das gerade ein Kind bekommen hatte. Mein Zimmer teilte ich mit einem weiteren Schüler aus Frankreich namens Pascal. Monsieur Pascal war ein schnöseliger, kleiner Erwachsener, einen langweiligeren Menschen konnte es auf der ganzen Welt nicht geben. Er war ungefähr gleich alt wie ich und interessierte sich ausschließlich für das englische Königshaus. Bei jedem Essen verwickelte er unsere Landlords in ein Gespräch über die Königin, den König, über Prinzessinnen, Prinzen … Und waren unsere Gastgeber anfangs freudig überrascht, dass sich ein französischer Junge so für ihr Königshaus interessierte, ging er ihnen damit zunehmend auf die Nerven. Jeffrey, so hieß der Landlord, machte sich immer wieder lustig über den unsportlichen, steifen

Schnösel, durch dessen Adern träge ein bläulich eingefärbtes Blut fließen musste.

Ich war auf Sprachferien, also gab es auch Sprachunterricht, und ich verliebte mich gleich einmal in ein Mädchen unserer Gruppe, eine Tirolerin, die Alice hieß. Ich hatte mich schon vorher in sie verliebt, denn sie war im Bus vom Flughafen in London nach Worthing auf der hintersten Sitzbank neben mir gesessen, diese Nähe hatte genügt, mich *in Liebe fallen zu lassen.*

Am Ende der ersten Woche war ein Disco-Besuch angesagt, an dem Abend wollte ich Alice erobern, denn ich gefiel ihr auch, da war ich mir sicher. An der Eintrittskasse der Disco saß eine Frau, wie ich noch nie zuvor eine gesehen hatte, mir blieb die Luft weg angesichts einer solch geballten Ladung an Erotik, sie triefte förmlich vor dieser unheimlich spannenden, unbekannten Sache genannt Sex. Schon klar, sie war nicht nur zu alt für mich, sondern Lichtjahre entfernt, aber da gab es ja noch Alice, und die war in greifbarer Nähe …

Wie so oft, genoss ich die Vorfreude und verpasste den richtigen Zeitpunkt, aus lauter Angst, weil ich die Sache hinauszögerte, vor mir herschob.

Und plötzlich – ich dachte, ich sehe nicht recht! – tanzte Alice eng umschlungen und Wange an Wange mit einem anderen, einem gewissen Toni, wenn ich mich richtig erinnere. Ich konnte kaum hinsehen, wuchs aber in meiner Verzweiflung schließlich über mich hinaus. Ich wurde plötzlich von dem Ehrgeiz gepackt, mit der sexy Lady an der Kasse auf der Tanzfläche aufzukreuzen, damit alle Jungs vor Neid erblassten und um alle, hauptsächlich natürlich Alice, zu beeindrucken.

Ich brachte tatsächlich den Mut auf, zu dieser wunderbaren, exotischen Superfrau zu gehen und sie um einen Tanz zu bitten, und oh Himmel auf Erden, sie meinte, ja, sie würde mit mir tanzen, nur sollte ich mich noch eine halbe Stunde gedulden, dann erst könne sie von der Kassa weg. Ich wuchs um drei Kopflängen, berauschte mich in der Folge am eigenen Mut, aber auch an etlichen Colas, die ich gierig in mich hineinschüttete.

Nach einer halben Stunde ging ich, unter anderem wegen der vielen Colas am ganzen Körper zitternd, wieder zur Kassa, und oh Hölle auf Erden, da saß meine Göttin auf einem großen Kerl und die beiden schmusten auf Teufel komm raus. Der widerliche Kerl hatte eine Hand bei ihr hineingeschoben, ich überlegte nicht lange, sondern stürzte ins Freie und marschierte los.

In einer Unterführung waren plötzlich drei Jugendliche neben mir. Einer von den dreien fragte mich, ob ich Franzose sei, und ich antwortete: »No, I am from Austria.«

Kaum hatte ich das gesagt, schlug er mir mit voller Wucht ins Gesicht. Ich hatte den Geschmack von Blut im Mund, alles war voller Blut, ich lag am Boden, streckte den dreien meine Geldtasche entgegen und sagte panisch vor Angst: »I don't have more!«

Sie nahmen die Geldtasche und rannten davon. Ich erhob mich, taumelte, völlig geschockt, benommen und entsetzt über das viele Blut, die Disco war ganz in der Nähe. Ich kann mich erinnern, dass ich mir das Blut im Gesicht verschmierte, damit ich noch beeindruckender aussehe – doch, genau das tat ich! –, und gerade als ich bei der Disco war, kamen ein paar Mädchen unserer Gruppe die Stiege herauf, denn die Disco befand sich in einem Keller, und begannen bei meinem Anblick lauthals und entsetzt zu kreischen …

Unser Betreuer und andere stürzten auf mich zu, ich konnte kaum sprechen, mein Mundwerkzeug funktionierte nicht richtig, das schockierte mich, denn bisher hatte es doch immer wie selbstverständlich funktioniert, ich stammelte etwas von Überfall, und irgendwie genoss ich den Auftritt.

Ich hatte einen kleinen Riss in der Wange, der genäht werden musste. Zwei Frauen beschäftigten sich mit mir, eine weiße und eine schwarze. Und der absolute Tiefpunkt kam dann, als mich die schwarze Frau anpflaumte, dass ich mir wenigstens die Zähne hätte putzen können. Ich, der ich an dem Abend vorgehabt hatte, Alice zu erobern, mit ihr zu schmusen bis zum Morgengrauen, musste mir anhören, ich hätte ungeputzte Zähne – die Welt hörte kurz auf sich zu drehen.

Vom Spital ging's weiter auf eine Polizeistation, ich musste den Vorfall zu Protokoll geben, und ich kam mir plötzlich wie der allerletzte Feigling vor, weil ich den Jugendlichen panisch die Geldtasche hingestreckt hatte. Lügen war für mich damals noch eine Todsünde und die Polizei in der Hierarchie eine Autorität gleich nach Gott, trotzdem belog ich die Polizisten, indem ich sagte, die Jugendlichen hätten mich durchsucht und mir die Geldtasche aus der Hosentasche gezogen. Was für Gewissensqualen, damals war Gott noch mein Zeuge, aber ich wollte lieber die Qualen im ewigen Feuer der Hölle auf mich nehmen, als meine Feigheit zuzugeben. »I don't have more! I don't have more!«

Anschließend fuhr ich mit zwei Polizisten in der Stadt herum, denn es ging darum, die drei Täter aufzuspüren. Die Polizei hoffte, ich würde sie wiedererkennen. Wir besuchten einen Pub und einen Nachtklub nach dem anderen, ich schaute mehr auf die Frauen als auf die Männer, und ich hatte auch gar kein Interesse daran, die drei zu finden. Wenn wir sie finden würden, käme die Wahrheit ans Licht: »I don't have more!« – Drei gegen einen, ich war mir nicht sicher, wem geglaubt würde.

Die Polizisten habe ich in guter Erinnerung, sie verhielten sich übermütig und frech. Kreuzte zum Beispiel jemand vor ihnen die Straße, rief der Beifahrer: »Get him!«, und auch wenn es eine alte gebrechliche Lady war: »Get her!«, und anschließend fluchte er: »You missed her!« – Das machte Spaß, ich fühlte mich wohl in Gegenwart der beiden Cops.

In den folgenden Tagen stank ich tatsächlich aus dem Mund, weil ich mir nicht mehr die Zähne putzen konnte. Unter anderem wegen der Nähte in meiner Wange konnte ich den Mund nur ein klein wenig öffnen, ernährte mich von Suppe und Brei, war auf flüssige Nahrung angewiesen, die ich in kleinen Häppchen mit dem Löffel zu mir nahm.

Natürlich war ich jetzt der Star der Gruppe, wurde bewundert, bemitleidet und angehimmelt.

Eine Zeitlang führte ich intensiv Tagebuch, in einem habe ich auch meine englischen Abenteuer beschrieben. Die Aufzeichnungen über den Abend, an dem ich niedergeschlagen wurde, beginnen so:

Es war ein milder Sommerabend. Die Sonne zauberte ihren goldgelben Glanz auf die roten Ziegelsteine der englischen Häuser, vor denen schmale Rasenstreifen schlummerten.

Das Meer schwieg mir bedeutungsvoll zu, als ich mit dem Bus in Richtung Stadt fuhr. Ich war damals verliebt in das herrliche Wasser, konnte mich nicht satt sehen an den geheimnisvollen Wellen, die da von weit draußen dem Lande zustrebten, um wieder umzukehren, in die verborgenen Tiefen – zu Muscheln,

Fischen, Korallen und Seeungeheuern. Ich genoss den Abend und freute mich an der Welt.

Ich besah die Leute, die mit mir im Bus saßen. Freundlich blickende Engländer, mit dem Schleier des Fremden umhüllt, den ich nicht klar zu durchdringen vermochte, was aber meine stille Liebe noch mehrte. Ja, ich liebte sie alle und alles dieser Welt. Die stummen, mit weiß Gott was für Gedanken beschäftigten Menschen, die müde Abendsonne, das schläfrige Meer und die vielen Dinge, an denen wir vorbeifuhren.

Ich war an der Endstation angelangt. Meine Gruppe wartete schon. Aus meinen Träumen war ich wieder in der Wirklichkeit. Die Freude verkroch sich etwas in mir und tauschte lediglich gegen Schweigen Worte, um sich mitteilen zu können.

Und über den Überfall steht Folgendes in dem Heft:

»Are you a French?«, fragte mich einer von ihnen. Ich blickte kurz zu ihm und sagte freundlich: »No, an Austrian.«

Ein ungeheurer Schlag traf mich ins Gesicht. Von der Wucht wurde mir schwarz.

Überfall
Mir
Einem friedlichen
Das gibt es, es existiert
Grausam
Brutal
Wieso
Wange Loch Blut
Mich zusammenschlagen

Ich lag am Boden und hörte sie weglaufen. Ich hatte ihnen das Geld gegeben, das ich bei mir hatte

Ich Feigling, dachte ich noch

Das Blut rann mir über die Brust
Ich blickte verstört um mich
Ich lag an die Wand gelehnt
In der Wange fehlte ein Stück Fleisch
Mir einfach ins Gesicht
Wieso
Einfach ins Gesicht
Ich hielt mein Taschentuch in den Mund an die Wange. Das Gesicht war blutverschmiert
Die Zähne schmerzten
Ich stand auf
Ich zitterte

Zurück aus England wurde ich am Bahnhof von meinem Vater abgeholt. Auf der halbstündigen Autofahrt nach Hause hatte ich von Anfang an das quälende Gefühl, dass irgendetwas nicht stimmte, dass sich etwas verändert hatte. Ich wusste nicht, was der Grund für die quälende Distanz, das unerklärliche Schweigen und die drückende Stimmung war, ich hatte Angst, dass sich ALLES in meiner Abwesenheit verändert hatte, dass wir uns in den drei Wochen (zum ersten Mal war ich so lange allein von Zuhause weg gewesen) fremd geworden waren, dass ES nie wieder so sein würde wie früher. Ich litt unter diesem Zustand, den ich mir nicht erklären konnte außer damit, dass ich zu lange weg gewesen war, bis mir mein Vater endlich mitteilte, dass mein Großvater am Vortag gestorben war. So befremdlich das klingt, ich war erleichtert. Ich habe meinen Opa geliebt, er war ein lustiger Mann, der gern Späße machte. Er sang nicht, aber er pfiff viel. »Parlez vous francais?«, fragte er gern, um darauf zu antworten: »Koch' die Rüble und Kaffee …«

Damals glaubte ich noch an den Himmel.

When I was younger so much younger than today …

*

Eine Zeitlang schwelgten wir, vor allem Carlo und ich, in der Vorstellung, gemeinsam ein Lokal zu eröffnen. Ich weiß nicht mehr genau, was in diesem Lokal alles passieren hätte sollen, ich weiß nur, dass wir elendslange Listen erstellten, wo wir unsere Ideen notierten. Das originellste Lokal der Welt hätte es werden sollen. Eine unserer Attraktionen ist mir in guter Erinnerung: An einer Wand des Lokals hängt ein großes Bild von einer Frau. Das Bild ist ein Foto oder fotorealistisch gemalt. Irgendwann im Laufe des Abends würden die Gäste dann eine Stimme aus dem Bild hören, und kurz darauf würde das Bild von hinten zerrissen und die auf dem Bild abgebildete Frau würde aus dem Rahmen steigen. Wir stellten uns das schön vor, wie nicht eingeweihte Gäste darauf reagieren würden.

Ich springe vor, ich springe zurück.
Schweine leben länger als Fliegen.
Das Leben ist keine Friedensbewegung …

Demonstration.

Einmal nahmen wir an einer Demonstration für den Frieden, einem Friedensmarsch teil, bei dem wir die Fäuste in die Höhe reckten, die geballten Fäuste, zum Zeichen unserer Friedfertigkeit. Ich trug sogar ein Transparent vor mir her, das ich selbst gebastelt hatte. Es war ein Papier in den Ausmaßen 4 mal 3 cm, mit Tixo befestigt an einem Zahnstocher. Das Transparent hielt ich während der ganzen

Zeit des feierlichen Dahinschreitens für den Frieden in die Höhe, darauf stand: »Tod dem Deodorant / es lebe der Achselschweiß!«

Angeregt durch mein Transparent hielt auch Carlo kurz darauf einen Zettel in die Höhe, auf dem stand: »Net!«

Darauf angesprochen, meinte er gegenüber dem einen, er habe das i vergessen, es müsste heißen »Niet!«, gegenüber einem anderen, er habe das t vergessen, das »Nett!« beziehe sich auf mein Transparent.

Wir bogen bald ab, verließen den Menschenstrom und landeten in einer Kneipe, wo wir es so weit trieben, dass uns die Lachtränen aus den Augen spritzten …

Wir alle in der Gruppe lachten viel, wir fanden fast alles zum Lachen. Es gab eine Zeit, da hatten wir manchmal einen Lachsack dabei, den wir verwendeten, um für Irritation zu sorgen. Wir liebten es, die Reaktionen darauf zu beobachten, wenn plötzlich ein leises Lachen aus einer Manteltasche zu hören war. Auch einen Wecker ließen wir gern losrasseln, zum Beispiel in einem Rucksack im Bus, um dann zu sagen: »Oh, wir müssen aufstehen!« und uns dann alle von unseren Sitzen zu erheben.

Wir gingen zum Rathaus, stellten uns davor und sagten laut: »Aha!«

Wir gingen ins Schwimmbad, stellten uns an den Rand eines Wasserbeckens und sagten: »Soso!«

Wir gingen in die Kirche, standen vor dem Altar und sagten: »Jessasna!«

Dann gingen wir was trinken.

Milch.

Obwohl wir alle dem Alkohol zusprachen, und das in rauen Mengen (das gehörte einfach dazu), konnte es vorkommen, dass wir in ein Lokal einfielen und Milch bestellten.

»Ein Glas Milch bitte! Oder bringen Sie uns besser gleich eine ganze Flasche! Milch natürlich, und für alle!«

Wenn die Milch auf dem Tisch stand, muhte Cowboy-Joe und bekam dafür eine Backpfeife. Wir tranken die Milch, wischten uns mit einem genüsslichen Ahhh nach jedem Schluck über den Mund. Aufmunternd nickten wir in den Gastraum, prosteten Leuten an den Nebentischen zu, bestellten noch eine Runde. Wir waren Bastarde. Wir tranken Milch. Unverzüglich. Die Straße der Ausschweifung führt zur Milchstraße. Die Schwänze der Kühe schlugen nach den Fliegen der Lüfte. Wir tranken auf die Rekonvaleszenz der Konsequenz. Wir tranken auf die Bauern auf den Feldern und auf die Bauern in den Ställen. Wir tranken auf die Bäuerinnen auf den Heuböden und die Bäuerinnen in den riesigen Doppelbetten unter den riesigen Holzkreuzen.

Sugar, sugar, oh honey, honey …

In einem Café veranstalteten wir einmal ein Kuchen-Wettessen, quasi einen *Cake Eating Contest.* An dem Tag waren wir zu viert, ich musste nach dem zweiten Kuchen aufgeben, Carlo gewann mit vier Stück, wenn ich mich recht erinnere. Wer im Hotel El Mouradi in Tunesien den Contest zum Mister El Mouradi gewonnen hat, weiß ich nicht mehr. Ich weiß nur, dass es nicht der Österreicher war.

Marco, der Maler, den ich in Paris aufsuchte, mit dem ich in der Metro gutes Geld verdiente, soll übrigens jetzt in den USA leben, das war zumindest das letzte, was ich von ihm gehört habe … Da fällt mir ein, dass ich ihn zufällig vor ein paar Jahren im Fernsehen gesehen habe, er war Gast beim Opernball, ich traute meinen Augen kaum.

Schön haben wir damals in der Metro gesungen, wir zwei Untergrund-Sänger, *black sheep of the family*.

Heute wäre mir lieber, ich hätte ein großes Repertoire an österreichischen und deutschen Volksliedern im Kopf, als diese paar Rock- und Popsongs, die wir damals plärrten. Statt *im Kopf* hätte ich jetzt fast gesagt *im Gemüt*. Die einzigen Lieder, die ich mit meiner Familie jemals gesungen habe, waren Weihnachtslieder am Weihnachtsabend. Und das hatte weniger mit Singen zu tun, es war viel mehr die Absolvierung einer Pflichtübung.

*

Carlo machte mir einmal ein besonders schönes Geschenk. Im Moment denke ich, es war das schönste Geschenk, das ich jemals bekommen habe. Wie so vieles andere, habe ich auch dieses Geschenk verloren, was mir sehr leid tut.

Carlo hat einer Spielzeugpuppe den Kopf abmontiert, hat das Gesicht über eine Flamme gehalten, bis das Material weich wurde und sich verformte. Ich bin mir nicht sicher, ob er den Kopf zuvor umgestülpt, also das Innere nach außen gekehrt hat, könnte sein … Ich weiß nur, mit dem ursprünglichen Gesicht der Puppe hatte das neue nichts mehr zu tun. Es sah einerseits zum Fürchten aus, andererseits hatte es etwas Mitleiderregendes. Das Beste an dem Ganzen war, dass Carlo im Inneren des Kopfes eine Spieldose untergebracht hatte, bei der die Melodie rückwärts lief. Aus dem Mund des verunstalteten Kopfes ragte die Schnur, an der man die Spieldose aufziehen konnte. Während die Melodie erklang, wurde die Schnur wieder langsam in den Kopf zurück gezogen, am Ende der Schnur befand sich ein Plastikknopf, der dann wie ein Knebel im Mund steckenblieb. Die Melodie, ursprünglich irgendein Schlaflied, glaube ich, klang äußerst eigenartig, das heißt, es klang unbeholfen, auch herzergreifend falsch. Es war so, dass der Kopf ohne die Musik zum Fürchten war, ekelhaft und abstoßend, aber durch die Musik, die Melodie rückwärts, bekam er etwas Rührendes, Mitleiderregendes, Faszinierendes …

Wo mag er geblieben sein?

Wo mögen all die Mitglieder der kleinen, lustigen Gruppe geblieben sein?

Carlo ist im Himmel, wo er seiner Mutter todtraurige Lieder vorsingt. Ich hoffe für sie, dass er ihr nicht seinen Boogie-Woogie vorspielt, aber dann wären die beiden wohl eher in der Hölle.

Ernesto verschwand aus meinem Leben, als er religiös wurde, ich meine natürlich Erwin, den Möchtegernkünstler, weil er war ja derjenige, der plötzlich *eins mit den letzten Dingen* war, ich habe ihn vielleicht vorher schon einmal verwechselt. Da geht es mir jetzt wie Carlos Mutter, die oft Lisa und Linda miteinander verwechselte, ich verwechsle eben Ernst und Erwin … Ausgesehen haben die beiden allerdings sehr unterschiedlich: Ernst war klein und rundlich, Erwin groß und hager.

Erwin hat übrigens als erster und lange einziger der kleinen, lustigen Gruppe Kinder bekommen, mit seiner ersten Freundin, seit ich ihn kannte, einer tiefreligiösen Angestellten der Diözese. Ernesto sitzt in irgendeinem Büro herum und fragt sich, wann es ihn zerreißt, glaube ich. Besucht er noch die Pferderennen in Italien?

Was ich Erwin nie verzeihen werde, ist Folgendes: Er warf ein Spiel weg, das wir in einer inspirierten Nacht gemeinsam mit Carlo geschaffen hatten. Wir nannten es das *Kinderkriegen-Spiel.*

In dem Spiel ging es darum, einen Partner oder eine Partnerin zu finden und mit ihm oder ihr ein Kind zu zeugen. Wer es als erster zu einem eigenen Kind brachte, hatte gewonnen. Wir erfanden etliche Charaktere, die bekamen Ausweise, auf denen ihr Persönlichkeitsprofil vermerkt war (Alter, Beruf, Hobbies und so weiter), inklusive Foto. Es gab ein großes Spielfeld mit allen möglichen Aufgaben und Hindernissen. Es galt, durch das Sammeln entsprechender Kärtchen und Punkte, die Voraussetzungen für eine Vater- oder Mutterschaft zu erlangen, angefangen vom richtigen Partner, der richtigen Partnerin bis zu einem ärztlichen Attest, Wohnung, Einkommen und Pipapo.

Ich kann mich nur noch dunkel an das Spiel erinnern, weiß aber, dass wir es in einer der folgenden Nächte bis zum Morgengrauen mit großem Vergnügen spielten, wir waren begeistert!

Dann kam der heilige Geist über Erwin, und er warf das Spiel einfach weg, weil es ihm zu unchristlich war. Er mistete auch sein Bücherregal aus, das heißt, er warf Bücher weg, die seinem christlichen Ideal nicht mehr entsprachen, beziehungsweise an diesem Ideal kratzten. Er entledigte sich sogar solcher Bücher, die gar nicht ihm gehörten, die er sich nur von mir ausgeliehen hatte, darunter Bücher von Arthur Rimbaud *(Eine Zeit in der Hölle)*, Charles Baudelaire *(Die Blumen des Bösen)*, Georges Bataille *(Das obszöne Werk)* …

Ich war fassungslos, ich weinte vor allem um das Spiel, denn das war unwiederbringlich verloren. Nur drei Menschen hatten es je gespielt und waren dabei geradezu euphorisiert worden. Die ganze Welt hätte davon profitieren können, ein Verlust für die Menschheit, in der Hölle soll er schmoren, der Spielevernichter und Bücherwegwerfer!

Cowboy-Joe ist mir vor einiger Zeit unerwartet begegnet.

Ich habe keine Ahnung, was Huscherl heute treibt. Als ich das letzte Mal von ihm hörte, arbeitete er im Gastgewerbe. Ich kann mir Huscherl nicht als Kellner vorstellen, aber die Menschen verändern sich. Davon kann ich ein Lied singen.

La li lu, nur der Mond sieht zu …

Huscherl hielt sich gedanklich gern im Kosmos auf, besonders wenn er ausgiebig Wein getrunken hatte. Wir nannten ihn Captain Kork, aber auch Space Kadett, weil er oft die Bodenhaftung verlor, wenn er sich in einen Wirbel redete und dabei abhob. Das Weltall war seine Spielwiese, auf der er gern strawanzte, vollgestopft mit abseitigem Halbwissen und haarsträubenden Thesen.

Huscherl reiste aber auch gern durch Italien, nicht mit dem Zug oder dem Auto, sondern immer zu Fuß. Bei diesen Wanderungen bestand sein halbes Reisegepäck aus Socken, denn er wollte entlang des Weges Spuren hinterlassen, und zwar in Form der Socken, die er dort getragen hatte. Mr. Sock war ein weiterer Spitznamen von ihm.

Falls jemandem in Italien herrenlose Socken begegnen, sind sie mit großer Wahrscheinlichkeit von Huscherl. Am liebsten hätte er seine Socken auch im Himmel verstreut, aber das ging eben nicht.

You can't always get, what you want …

Wo überall liegen deine Socken herum? Wer trägt schon in Italien Socken, im Sommer …

Ich gäbe viel darum, den Kopf, den mir Carlo damals geschenkt hat, noch einmal singen zu hören. Über den Kopf war übrigens eine Socke als Mütze gestülpt.

Was für ein Sender lief, als Carlo verunglückte, welches Lied wurde gespielt? Er hatte im Auto immer entweder den Radio aufgedreht oder eine Kassette laufen. Sein Lieblingslied, man könnte es als sein Lebenslied bezeichnen, war *Black Betty* von Ram Jam.

Er liegt jetzt dort, wo er partout nicht liegen wollte: neben seiner Mutter.

Das Grab seiner Lieblingstante war schon lange aufgelassen worden, nichts erinnerte mehr an sie. Ich hatte das Vergnügen, sie kennenzulernen, sie war schon weit über siebzig und ich habe ihr ein paar Winter lang die Kohlen in ihre völlig überheizte Wohnung getragen. Das spielte sich so ab, dass ich zuerst meine Arbeit erledigte, anschließend bekam ich stets Frankfurter Würstel mit Senf und Brot, dazu einen Rotwein. Nach dem Essen wurde Karten gespielt, Rummy, und zwar um Geld. Der Rotwein hieß *Alter Knabe*, wir tranken jedes Mal eine ganze Flasche zusammen, sie eineinhalb Achterl, ich den Rest. Bei dieser Gelegenheit erzählte sie mir auch die folgende Geschichte.

In der Nacht nach der Geburt ihres einzigen Kindes hatte sie den schönsten Traum ihres Lebens. Darin kamen wunderschöne Rosen und eine wunderschöne Musik vor. Sie sagte, es seien die schönsten Rosen gewesen, die sie jemals gesehen habe, und es sei die schönste Musik gewesen, die sie jemals gehört habe. So in etwa. Jedenfalls war sie so verzaubert von dem Traum, dass sie ihn am Morgen gleich den Schwestern erzählte. Eine von ihnen sei sichtlich erschrocken und erst nach längerem Drängen habe sie sich dazu hinreißen lassen, der glücklichen Mutter mitzuteilen, dass der Traum bedeute, dass das Kind nicht alt werde. Und wer glaubt, das Kind sitzt heute täglich in einem Büro, hat Frau und Kinder, ein Haus und sieben Sorgen, liegt falsch. Das Kind starb mit drei Jahren, es fiel in eine Jauchegrube. Welcher Kontrast zwischen Traum und Wirklichkeit! Was würde ich darum geben, den Traum von Carlos Tante zu erleben, die Rosen zu sehen, die Musik zu hören, Himmelsmusik.

Apropos, ich spielte einmal in einer Band, die einen originellen Namen hatte. Irgendwann traten wir in unserer Schule im Rahmen einer Veranstaltung auf, die unter dem Motto »Gymilekultur«, also Gymnasiumkultur, stand. Wir waren einer von mehreren Programmpunkten und waren uns bis kurz vor dem Auftritt nicht einig, wie wir uns nennen sollten. Zwei Namen standen zur Auswahl: *Caelestes*, also »Die Himmlischen«, beziehungsweise »Die Götter«, oder *Rotz*. Letzterer hat sich durchgesetzt.

Wir spielten brav drei Nummern, sogenannte Coverversionen: *Venus* von Shocking Blue, *Locomotive Breath* von Jethro Tull und *Smoke on the Water* von Deep Purple, meiner damaligen Lieblingsband.

Von diesem legendären Abend in der Schule, als ich quasi »Frontman« von Rotz war (wenn einer der Sänger ist und gleichzeitig die »Leadguitar« spielt, ist klar, wer die meisten »Groupies« abbekommt), gibt es ein Foto von mir, da sieht man im Hintergrund meine Eltern, die an dem Abend im Publikum waren.

In der ersten Reihe saß zwischen meiner Mutter und dem Herrn Schuldirektor (der uns als Schuljause immer wieder einen Apfel und ein Schwarzbrot empfahl) mein Vater mit deutlich sichtbarem innerem Kopfschütteln über seinen ganz in Schwarz gekleideten, langhaarigen Sohn, der auf einer

Elektro-Gitarre Lärm machte und irgendetwas von einem Rauch auf dem Wasser, von schnaufenden Lokomotiven und silbernen Flammen auf Bergspitzen in ein Mikrophon schrie wie ein Gammler, Beatle, Schlurf, wie damals gesagt wurde … Er hätte mich natürlich lieber als Mitglied eines Kammerorchesters gesehen.

Aber ich denke, wir spielten auch wirklich unsäglich. Armer Vater, arme Mutter, armes Österreich!

*

Einst spielte ich Geige, da war ich noch feucht hinter den Ohren. Ich habe keine Ahnung, warum ausgerechnet Geige, ich nehme an, das war die Wahl meines Vaters. Er wollte in seiner Jugend Dirigent werden, was leider nicht geklappt hat, seiner Leidenschaft ist er aber treu geblieben. Er hatte die Angewohnheit, zu klassischer Musik aus dem Radio oder vom Plattenspieler zu dirigieren. Eines der schlimmsten Erlebnisse meiner Kindheit: Freunde machen mich höhnisch auf meinen Vater aufmerksam, der auf unserem Balkon steht und mit beiden Armen in der Luft herumfuchtelt, als habe er den Verstand verloren. Ich wusste, warum er das tat, meine Freunde nicht, wir waren zu weit weg, um die Musik hören zu können. »Wer die Musik nicht hört, hält die Tanzenden für wahnsinnig«, hätte ich meinen Freunden damals erwidern können, aber den Spruch kannte ich natürlich noch nicht. Er ist von Gerhard Fritsch, der sich in Frauenkleidern erhängt hat … An dieser Stelle ein afrikanisches Sprichwort: »Willst du mit einem Europäer Mitleid haben, dann sieh ihm beim Tanzen zu.« Der Spruch ebnete auch den Weg in so manches Bett.

Besser klappte nur der folgende Aufreißer-Trick, den ich kultivierte bis zum Exzess. Ich kritzelte mir mit Kugelschreiber eine Uhr auf das Handgelenk, die angezeigte Uhrzeit war 21 Uhr 30. Spätnachts in einem der Lokale, die ich gern frequentierte, machte ich mich an eine Frau heran, die mir gefiel, meistens so gegen Mitternacht, und sagte zu ihr: »Es ist nachts halb zehn, würden Sie liebenswürdigerweise mit mir schlafen geh'n?« – Das war aus einem Gedicht von Joachim Ringelnatz. Wenn die Angesprochene daraufhin meinte, es sei doch viel später, zeigte ich ihr mein Handgelenk mit der Uhr und sagte: »Oh, meine Uhr muss stehengeblieben sein …« – Keine konnte widerstehen! Es war zumindest eine Masche, die sonst niemand … Alles erstunken und erlogen.

Rust never sleeps, sang Neil Young, er meinte damit nicht die burgenländische Gemeinde …

Einer meiner Wunschträume war lange, einmal mit dem Auto durch die USA zu fahren, durch endlose Weiten, dem Horizont entgegen, in die untergehende Sonne hinein. Ich hatte gelesen, dass Bob Dylan das mit Freunden gemacht hatte, er selber saß am Rücksitz und spielte Gitarre, sang dazu, komponierte.

That way down on Highway 61 …

Eine Zeitlang war ich immer wieder als Autostopper unterwegs. Zwei Erlebnisse sind mir besonders deutlich in Erinnerung:

Ein Auto hielt, ich stieg ein, und kaum saß ich, bemerkte ich, dass zwischen den leicht gespreizten Beinen des Fahrers ein steifes Glied hervorragte. Der Fahrer sprach mit mir, als sei nichts, er fuhr tadellos Auto. Ich verhielt mich auch ganz normal und ignorierte die offensichtliche Tatsache. Ich kann mich an den leicht säuerlichen Geruch erinnern und an die Musik aus dem Radio. Es lief nämlich ein Schlager nach dem anderen mit Textzeilen wie *Ich glaube an die Liebe* oder noch besser: *Ich stehe zu dir, mein Sonnenschein* oder ähnlichen sprachlichen Glanzlichtern. Ich musste mich wirklich zeitweise beherrschen, um nicht loszulachen, die Situation hatte absolut nichts Bedrohliches oder Unheimliches.

Der Fahrer ließ mich schließlich dort aussteigen, wo ich aussteigen wollte, wir verabschiedeten uns voneinander, alles war ganz normal verlaufen, nur dass eben sein bestes Stück Hans-guck-in-die-Luft gespielt hatte.

Ein zweites Erlebnis war auch nicht ohne: Ich stand als Autostopper an der Autobahnauffahrt in Innsbruck, vor mir ungefähr vier oder fünf andere Autostopper, die alle ein Schild in die Höhe hielten. Auf den Schildern stand »Salzburg«, »Linz« oder »Wien«, also alle wollten in den Osten. Weil auch ich in den Osten wollte, nämlich nach Salzburg, schrieb ich auf mein Schild groß »China« drauf.

Manche der Vorbeifahrenden lachten, winkten mir zu, einmal musste ich selber lachen: Aus einem Kleinbus sahen mich drei finstere Typen ziemlich finster an, und als sie an mir vorbeifuhren, konnte ich lesen, was in bunter Schrift auf ihrem Bus geschrieben stand: *Tanz und Frohsinn* und auch *Die lustigen Hinterwäldler* oder so ähnlich.

Der Fahrer, der mich schließlich mitnahm, war ein sehr gesprächiges Unikum. Wir tranken Bier und Schnaps während der Fahrt, und er erzählte mir von einem Urlaub im Süden, wo er und seine Frau so lange geblieben waren, bis die leeren Wein-, Spumanti- und sonstigen Flaschen einen geschlossenen Kreis um ihr Auto und den Wohnwagen bildeten.

Er trank während der Fahrt Bier, wie gesagt, ich trank mit, er erzählte eine lustige Geschichte nach der anderen. Einmal war er von seinem eigenen Wohnwagen überholt worden, ein anderes Mal trickste er durch eine raffinierte Lügengeschichte einen Polizisten aus … Leider kann ich mich an kaum eine seiner Geschichten erinnern, ich weiß nur, wir hatten viel Spaß miteinander.

Ich habe Gerd, dem ich eine der schönsten Autofahrten meines Lebens verdanke, nie kontaktiert, immer alles hinausgeschoben, hinausgezögert … Wahrscheinlich lebt er gar nicht mehr. Und lebte er noch, könnte er sich bestimmt nicht an mich erinnern.

*

Tunesien!

Verlängerungswoche, wir langweilten uns am Pool, beim Tennis und beim Ping Pong.

Dem Treiben der Animateure zuzuschauen, war auch nicht das Wahre.

Zum Hotel gehörte eine Disco, wo jeden Abend irgendein Event stattfand, was damals noch nicht so hieß. Weil uns fad war, beschlossen wir, der Wahl des Mister El Mouradi beizuwohnen. An der Wahl teilzunehmen kam weder für Carlo, noch für mich in Frage, obwohl uns Lisa und Linda dazu überreden wollten. Nein, danke, wir wollten uns nicht zum Narren machen, außerdem waren wir wohl einfach zu feige dazu.

Zwei Tage vorher hatte eine österreichische Fußballmannschaft eingecheckt, um hier ihr Wintertraining zu absolvieren. Die Mannschaft kam aus dem äußersten Westen Österreichs, sie spielte in der dritten Liga, spielte sich aber auf, als sei sie in der ersten, und dort an der Tabellenspitze.

Die Sportkanonen waren laut, rüpelhaft und immer im Rudel unterwegs. Ich erinnere mich an Strandszenen, in denen einer der Betreuer wichtig mit Stoppuhr und Listen herumfuhrwerkte, auf andere Strandgäste wurde kaum Rücksicht genommen. Der Sport geht vor, der Titelgewinn hat oberste Priorität, wenn einer Fußballer ist, darf er keinen Beistrich in der Hose haben. Tauchte die Gruppe in unserer Nähe auf, wechselten wir die Sprache und suchten das Weite.

Die Wahl des Mister El Mouradi werde ich nie vergessen. Ich erzähle, woran ich mich erinnere.

Vier Männer traten an: ein Engländer, ein Holländer, ein Franzose und ein Tunesier.

Bei einem der ersten Spiele mussten sich die Kontrahenten gleich bis auf die Unterhose ausziehen, was für den Tunesier aus religiösen oder sonstigen Gründen nicht in Frage kam. Unter Protest verließ er die Arena, wurde eine Zeitlang mit einem Scheinwerfer verfolgt, schimpfte, gestikulierte, war aber nicht umzustimmen. Somit musste ein Ersatz gefunden werden.

Die besagte Fußballmannschaft war kurz zuvor in die Disco einmarschiert, etwa 20 Mann, unübersehbar und unüberhörbar wie immer, und als die Fußballer mitbekamen, dass ein Ersatzmann gesucht wurde, stellten sie tapfer einen Mann aus ihrer Mitte. Der betrat unter dem Jubel seiner Kollegen die Arena und war nun neben dem Engländer, Holländer und Franzosen der vierte Mann.

Ich weiß nicht mehr, was für Spiele genau folgten, an eines mit Luftballons und Partnerin, bei dem man sich recht nahe kam, kann ich mich dunkel erinnern. Wir schämten uns fremd. Der Mann aus Österreich tat sich bei dem Spiel durch Grobheit, um nicht zu sagen Brutalität gegenüber seiner Partnerin hervor. Und im Gegensatz zu den anderen Mitstreitern war er ständig im Kontakt mit dem Publikum, das heißt, ausschließlich mit einem eingeschränkten Teil desselben, nämlich mit seiner Mannschaft. Immer wieder, bei allem, was er tat und sagte, suchte er den Blickkontakt zu seinen Kollegen, kommunizierte er über die Köpfe aller anderen hinweg mit seinen Jungs, es war erbärmlich.

Und dann kam der Höhepunkt des Abends, ich sollte wohl eher das Wort Tiefpunkt für dieses Highlight verwenden. Es ging darum, ein Lied aus der Heimat zu singen.

Der Engländer sang einen wunderbaren Folksong,

der Franzose ein stilles Chanson,

der Holländer ebenfalls ein rührendes Lied, es klang wie ein Kinderlied,

alle drei Lieder waren von zarter Poesie getragen, von einer gewissen zauberhaften Melancholie durchdrungen, sympathisch und bescheiden, trotzdem selbstbewusst vorgetragen.

Und dann kam der Österreicher.

Er stand breitbeinig da, sah zu seinen Kollegen hinauf, streckte die geballte Faust in die Höhe und brüllte los: »Zickezacke! Zickezacke!«, worauf die Mannschaft brüllte: »Hoi! Hoi! Hoi!«, und so ging das drei Mal hin und her mit voller Lautstärke: »Zickezacke! Zickezacke!« – »Hoi! Hoi! Hoi!«, und das Hotel bebte, und ein letztes Mal, immer mit erhobenen Fäusten: »Zickezacke! Zickezacke!« – »Hoi! Hoi! Hoi!«

Danach herrschte Schweigen.

Der Schaum

Aber so muss es eben sein. Alles ist so. Alles auf der Welt muss langsam und verkehrt laufen, damit der Mensch nicht hochmütig werde, damit der Mensch traurig und verwirrt sei.
Wenedikt Jerofejew

Carlo und ich waren oft nur zu zweit unterwegs. Manchmal gingen wir auf den Friedhof, um dort auf Gräber zu spucken. Wir spuckten auf die Moralapostel, auf Gott und alle, die wissen, wie der Hase läuft oder zu laufen hat, wir waren die Weltmeister der Friedhöfe. Und wir spuckten eigentlich nur auf ein Grab, das Grab von Sebastian Stumpfögger, nachdem wir erfahren hatten, was er seinen Frauen angetan hatte.

Sebastian Stumpfögger war hintereinander mit sieben Frauen verheiratet. Sobald er eine Frau satt hatte, wurde er sie durch eine besondere Methode wieder los. Er brachte sie dazu, dass sie sich scherzhalber, wie er vorgab, vom Hals bis zu den Füßen in Decken einwickeln ließ und verschnürte sie so fest, dass sie kein Glied mehr bewegen konnte. Nun kitzelte er die Frau an den aus der Decke herausragenden Fußsohlen so lange, bis sie unter qualvollen Schmerzen starb.

Nach Carlos Tod erfuhr ich, dass sein Auto beim Unfall *getarnt* gewesen war. Ich wusste sofort, was das hieß, er hatte die Sache also durchgezogen.

Zwischen Windschutzscheibe und Scheibenwischer seines Fahrzeugs hatte er Grünzeug geklemmt, unter der Motorhaube steckten belaubte Zweige, ebenso im Kofferraumdeckel und den Seitentüren. Das hatte natürlich zur Folge, dass er gleich dem ersten Verkehrshüter ins Auge stach und mit Sirene und Blaulicht verfolgt wurde. Das Gestrüpp auf der Windschutzscheibe dürfte seine Sicht eingeschränkt haben, jedenfalls kam er von der Straße ab, überschlug sich und starb noch an der Unfallstelle. Bestimmt galt sein letzter Blick seinem raffiniert getarnten Auto …

Genaue Zeitangabe:

Es war die Zeit, als ich noch unangekündigte Besuche bekam – untertags, aber auch mitten in der Nacht.

Es war die Zeit, als ich mir in einem Gastgarten spontan ein Bier über den Kopf leeren konnte, nachdem ich kurz zuvor einen Dackel beschimpft hatte.

Es war die Zeit, als in mir ein Feuer brannte.

Genaue Ortsangabe:

Westen, Mitte, Osten.

Genauigkeit war mir immer wichtig.

*

Manche Erzählfäden flattern lose im Wind …

Down the windy halls of friendship …

Vor ein paar Wochen sah ich einen Mann am Straßenrand sitzen, der hatte einen Pappbecher ohne Münzen vor sich, spielte Gitarre und sang dazu: »*… where seldom is heard a discouraging word and the skies are not cloudy all day.*«

Ich kannte das Lied, *Home on the Range,* sang es selber manchmal, deshalb sah ich genauer hin.

Ich traute meinen Augen nicht, denn es war Cowboy-Joe – nur Haut und Knochen, totenbleich im Gesicht, heruntergekommen, verdreckt … Ich hatte ihn eine Ewigkeit nicht mehr gesehen.

Wir schauten uns kurz in die Augen, aber er erkannte mich nicht. Seine Augen waren trübe, wie erloschen – und in der folgenden Nacht habe ich tatsächlich von ihnen geträumt. Im Traum ging es durch diese Augen in eine kalte, finstere Welt, auf den Bergen in Eis und Schnee standen vereinzelt Chöre und schrien, sie sangen nicht, sie schrien, und ein heftiger Wind blies den Chormitgliedern um die Ohren, schwarze Vögel flogen durch den schwarzen Himmel, schreiend mit weit aufgerissenen Schnäbeln und toten Augen.

Niemand hat das Wort *Revolution* so entspannt und selbstverständlich verwendet wie Cowboy-Joe. Er sprach manchmal davon, dass wir eines Tages aufwachen würden, und dann sei sie da, die Revolution, die die Erde zu einem Paradies machen würde. Er ging davon aus, dass die Revolution auch ohne sein Zutun stattfinden würde. Aktives Handeln war nicht sein Ding.

Sein bester Freund, bis sie sich wegen einer Frau zerstritten, war Porno-Paul, der seinen Spitznamen nach einem Kinobesuch erhielt. Wir waren in unternehmungslustiger Stimmung und sahen uns spontan einen Softporno an, in dessen Titel, wenn ich mich recht erinnere, das »Jodeln in Unterhosen« vorkam oder so ähnlich. Nachdem der Film zu Ende war, das Kino war erstaunlich gut besucht und wir saßen in der ersten Reihe, schnellte Paul in die Höhe, drehte sich um und wandte sich laut an alle im Kinosaal anwesenden Frauen mit den Worten: »Wer bumst mit mir?« – Seit damals war er der Porno-Paul.

Der Valium-Express hatte seinen Spitznamen wegen der Psychopharmaka bekommen, die er schluckte. Ich weiß nicht, was er alles schluckte, ich weiß nur, dass es viel war, ich habe ihn jedenfalls nie nüchtern erlebt. Er war der Sohn eines Arztes und studierte Jus, um, wie er sagte, seinen Vater später verklagen zu können.

Er hatte bereits eine Glatze am Hinterkopf, obwohl er erst Mitte 20 war, trug meistens ein Hemd und darüber einen Pullunder, alles in den Farben Grau und Braun. Er schwitzte ständig, konnte mitten im Gespräch aufstehen und einfach verschwinden, ohne wieder aufzutauchen.

Der Valium-Express war gebildet, er verblüffte uns immer wieder durch sein breites Wissen, auf der anderen Seite war er manchmal richtig vernebelt, verlor sich in haltlosen Verdächtigungen, war in höchstem Maße irrational … Er meinte zum Beispiel einmal, er habe noch nie einen Zeck gesehen, er vermutete deshalb, dass es Zecken überhaupt nicht gäbe, da stecke die Pharmaindustrie dahinter, die würde ja alle möglichen Substanzen nur wegen des Profits herstellen und vertreiben …

Ich fragte ihn, was er mir gibt, wenn ich ihm einen Zeck bringe. Eine Kiste Bier würde er mir spendieren. Am nächsten Tag streifte ich in der freien Natur herum, durch Wald und Wiesen, am Abend hatte ich drei Zecken am Körper. Ich bekam die Kiste Bier. Im Gegensatz zu anderen bezahlte er seine Schulden.

Der Valium-Express war eher selten Teil unserer Unternehmungen und irgendwann war er endgültig weg, ohne dass jemand wusste, wohin er entschwunden war.

Erwin war fast immer mit von der Partie. Als ich ihn kennenlernte, war ich fasziniert von ihm und seinen Ideen. Er war lang und dünn, ganzkörperlich stocksteif, oft mit ausgestrecktem Zeigefinger, Brille, dahinter listige Äuglein, den Mund oft ironisch zu einem schmallippigen Schmunzeln verzogen. Er trug Hemden mit großen Kragen und einen beigen Mantel, einen Trenchcoat, und das zu jeder Jahreszeit, er war sein Markenzeichen.

Heute kann ich mir meine damalige Faszination nicht erklären, vielleicht reichte es, dass er das Gegenteil von gutbürgerlich war, also kein Normalo. Dass er ein Freund von Carlo war, tat wahrscheinlich ein Übriges.

Erwins Stammlokal hieß *Podium*, das passte. Dort hielt er Hof, dort war er der Herr Wichtig, unter dem Arm sein dickes Notizbuch, in dem lauter kryptischer Schmarren drinstand.

Boris Vian lernte ich über Erwin kennen. Wir diskutierten viel über dessen Buch *Der Schaum der Tage,* in dem sich gleich auf der ersten Seite jemand mit einer Nagelschere die Ränder seiner Augenlider schnitt, »um seinem Blick Geheimnis zu verleihen«. (Carlo verwendete seinen Nagelzwicker zeitweise auch dafür, sich in den Unterarm zu zwicken, »ganz tief bis in das Blut hinein«.)

Den größten finanziellen Erfolg hatte Boris Vian unter dem Pseudonym Vernon Sullivan mit einem Roman, den er wegen einer Wette geschrieben hatte. Bewusste Unstimmigkeiten, übertriebene Brutalität … Er brauchte dafür nicht einmal zwei Wochen. Der Roman hieß *Ich werde auf eure Gräber spucken*.

Wäre Erwin tot, würde ich … Nein, würde ich nicht. Zuviel der Ehre für einen, der seine Wettschulden nicht beglich.

*

Ständig waren wir auf der Suche nach Büchern, die unser Leben verändern.

»Berauscht euch!«, schrieb Charles Baudelaire, das ließen wir uns nicht zweimal sagen.

»Man muss immer trunken sein. Darin liegt es. Das ist das ganze Geheimnis. Um die grässliche Last der Zeit nicht zu spüren, die euch die Schultern zerbricht und zur Erde zieht, müsst ihr euch unaufhörlich berauschen.« – Auch das ließen wir uns nicht zweimal sagen.

Einst pflückte ich täglich Blumen für meine Mutter, aber das war Kinderkram.

Mein Vater hatte eine glänzende akademische Laufbahn für mich vorgesehen.

Manchmal dachte ich, ich hätte nie aufhören sollen, Blumen für meine Mutter zu pflücken …

Für eine akademische Karriere ist es nie zu spät. Was Hänschen nicht lernt, lernt Hans.

Carlos Visitenkarten.

Er ließ sich seine Visitenkarten als Abziehbilder drucken und klebte sie überall hin. Er klebte sie in Kneipen auf die Stühle, auf die Unterseite der Tischplatten, in Toiletten an die Wände, auf Parkbänke, auf die Sitze in öffentlichen Verkehrsmitteln, auf Straßenschilder, Autos …

Die Reaktionen waren enttäuschend, denn es gab so gut wie keine. Nicht der Rede wert.

Carlo ließ spezielle Visitenkarten für mich drucken und schenkte mir einen Stapel. Am oberen Rand stand winzig klein mein Name und meine Adresse, darunter stand groß: »befreundet mit«, und sehr groß: »Univ. Prof. DDr. Carlo Pestitschek. Wahrsager«. – Pestitschek nannte ich ihn manchmal, keine Ahnung wieso. Er nannte mich Schnuffi, weil ich eine Zeitlang die Angewohnheit hatte, an Menschen zu schnüffeln, was mitunter zu interessanten Erlebnissen führte.

Es ist den meisten Menschen unangenehm und peinlich, wenn jemand an ihnen schnuppert. Reflexartiges Ausweichen, Fluchtgedanken, Selbsthinterfragungen …

Es machte Spaß, jemandem nahe zu kommen, indem ich ihm oder ihr mit der Nase auf die Pelle rückte, meine Nase quasi in Dinge steckte, die mich nichts angingen, intime Dinge, wohl- oder übelriechende. Es hatte schöne, aber auch unschöne Folgen. Bei manchen führte die Schnüffelei zu mehr Nähe, bei anderen zu mehr Distanz, wenn nicht gar zu aggressiven Impulsen, auf beiden Seiten. Einmal lief ich jemandem durch die halbe Stadt hinterher, weil er mir auf die Nase geschlagen hatte. Die Nase war mein absolutes Aggressionszentrum, wie ich gern sagte – berührte mich dort jemand falsch, zuckte ich aus. Ich erwischte den Unglücksraben, und als ihm klar wurde, wie ernst die Sache war, bot er mir Geld an. Er hielt mir ein paar Scheine unter die Nase und sagte: »I don't have more!«

Oder verwechsle ich jetzt was?

Carlos Geld-Block.

Er ließ sich auf der Bank eine größere Summe in Zwanziger-Scheine wechseln (es war immer noch die Schilling-Zeit), die Scheine legte er später akkurat übereinander und indem er sie an einer Breitseite mit Leim verklebte, hatte er einen Abreiß-Block. Die Verblüffung der Kellnerinnen und Kellner, wenn er, wenn es ans Zahlen ging, seinen Block aus der Tasche zog und die Scheine abriss …

Carlos Lieblingsbuch.

Ja, wir lasen gern und viel, vor allem Carlo. Eines seiner absoluten Lieblingsbücher war ein Buch über einen sogenannten Palmweintrinker, er las uns manchmal daraus vor. Das Buch war von Amos Tutuola und sein vollständiger Titel lautete: *Der Palmweintrinker und sein toter Palmweinzapfer in der Totenstadt.*

Jahre nach Carlos Tod fiel mir das Buch in die Hände, und als ich darin zu lesen begann, war der dicke Freund so gegenwärtig, dass mir die Tränen in die Augen stiegen:

»Ich war ein Palmweintrinker, seit ich ein Knabe und zehn Jahre alt war. Ich hatte sonst keine Arbeit, mein Leben bestand darin, Palmwein zu trinken. […] Ich trank Palmwein von morgens bis abends und von abends bis morgens. Ich konnte damals kein gewöhnliches Wasser mehr trinken, nur Palmwein. […] Also gab mir mein Vater eine Farm, die neun Meilen groß war im Quadrat, und sie enthielt 560 000 Palmweinbäume, und der Palmweinzapfer zapfte einhundertundfünfzig Fässchen Palmwein an jedem Morgen, aber noch vor zwei Uhr nachmittags hatte ich alles getrunken. Danach ging er und zapfte noch einmal fünfundsiebzig Fässchen am Abend, die ich in der Nacht trank bis zum anderen Morgen. Ich hatte zahllose Freunde in dieser

Zeit, sie tranken Palmwein mit mir vom Morgen bis spät in die Nacht.«

Nie werde ich den Tag vergessen, als Carlo mir den Arm um die Schultern legte und mit der anderen Hand zum grauen Himmel zeigte, auf dem mit leuchtend roten Buchstaben groß geschrieben stand:

FICKT EUCH!

*

Manchmal sang ich allein zu einer absichtlich verstimmten Gitarre wirre Texte, was mir halt so durch den Kopf schoss, Haarsträubendes, Unzusammenhängendes, Abstruses. Oft spielte ich aber auch nur die Gitarre ohne dazu zu singen. Je mehr ich trank, desto besser klang es – zumindest in meinen Ohren. Gern drückte ich beim Spielen ein Ohr auf den Klangkörper der Gitarre, dann hörte sich meine entfesselte Musik am besten an.

Ich baute ab im Laufe der Jahre, was das Gitarrenspiel anbelangte, ich hörte mich immer öfter an wie Cowboy Joe, die Schnarchnase. Die Weisheiten, die er verkündete, waren zum Schluss von folgender Art: Im Sommer ist es oft warm, im Winter hingegen oft kalt. Wer Eis schleckt, muss aufpassen, dass er sich nicht bekleckert. Die Goldfische sind die schönsten …

Das hast du mir schon dreimal erzählt! Leg eine andere Platte auf! – Carlo war anders, für ihn waren die Geschichten, die ich ihm erzählte immer wieder neu. So konnte man die Dinge auch vertiefen, es gab ja Variationen, Tagesformen, Irritationen und Ortswechsel.

Es verschlug mich für ein paar Tage von Wien, wo ich inzwischen lebte, nach Salzburg, dort sah ich einen Straßenmusiker, das heißt, einen obdachlosen Säufer – er saß am Boden neben einem Tetra Pak Wein.

Er sang mit brüchiger Stimme die amerikanische Volksweise *Home on the Range*, das hatte etwas Rührendes, geradezu Herzergreifendes und gleichzeitig Abstoßendes.

Der entwurzelte, kaputte Stinker sang von einem Himmel, der nicht ständig mit Wolken bedeckt ist.

Und dann traf mich die Erkenntnis wie ein Blitz: bei dem alten, heruntergekommenen Krächzer hinter dem fettsträhnigen Vorhang aus schütterem, langem Haar handelte es sich eben um niemand anderen als Cowboy-Joe.

Unsere Blicke trafen sich kurz, seine Augen waren tot wie zwei überfahrene Rehlein, er erkannte mich nicht. Die Liebe zur Country Music hat schon viele ins Verderben gestürzt.

*

Habe ich schon erzählt, dass Carlo und ich zusammen ein Lokal betreiben wollten?

Stühle sollten an der Decke befestigt sein. Seltsame Bilder an den Wänden, zum Beispiel ein lebensgroßes Foto von uns beiden. Im Gastraum ein Kasten, mit einer Falltür im Boden, die in den Keller unter der Kneipe führt. Irgendwann im Laufe des Abends sollte ihm im Sommer ein Mann im Schianzug und mit Wollmütze, Fäustlingen, Schi, Schistöcken entsteigen, im Winter ein Mann in Badehose.

Ein anderes Mal ein Schauspieler, der einen Monolog hält, zum Beispiel zu den Themen »Die Rekonvaleszenz der prophylaktischen Impertinenz« oder »Stumpfögger darf nicht sterben«.

Der Boden ist mit Blumen übersät, man watet durch weiße Watte, es werden Unmengen von Konfetti in den Raum geblasen …

Flugblätter, Aufrufe, Unterschriftenlisten zu abseitigen Themen …

Ich sitze in einer Ecke und spiele auf einer verstimmten E-Gitarre, nicht zu laut, eher versunken, weggetreten …

Auf der kleinen Bühne in einer Ecke der Kneipe gebe ich eines meiner kleinen Gedichte zum Besten, zum Beispiel: »Hoppa hoppa Reiter, / wenn er steht, / dann stöhn ich. // Hoppa hoppa Reiter, / wenn er fällt, / dann seufz ich. // Hoppa hoppa Reiter, / ich schrieb auch schon / gescheiter.«

Ja, es hätte zweifellos etwas aus mir werden können, wenn ich konsequent meinen Weg gegangen wäre und nicht auf Gräber gespuckt und so viel geschluckt hätte.

Black cloud it keeps on following me everywhere I go …

*

Für eine Satirezeitschrift entwarfen Carlo und ich ein Kreuzworträtsel, das nannten wir *Unser Glasperlenspiel.* Vorangestellt war ein Zitat von Hermann Hesse über Kreuzworträtsel:

»Es saßen damals Tausende und Tausende von Menschen, welche zum größeren Teil schwere Arbeiten taten und ein schweres Leben lebten, in ihren Freistunden über Quadraten und Kreuzen aus Buchstaben gebückt, deren Lücken sie nach gewissen Spielregeln ausfüllten. Sie widmeten sich träumerisch dem Auflösen von Kreuzworträtseln – denn sie standen dem Tode, der Angst, dem Schmerz, dem Hunger beinahe schutzlos gegenüber, von der Kirche nicht mehr tröstbar, vom Geist unberaten.«

Und das sind ein paar der Fragen unseres Glasperlenspiels:

Nachname der Freundin Popeyes?

Maler dicker Mädels?

Fehlendes Wort in einem Goethe-Zitat (Faust): « … wie? … was?«

Initialen des Gründers der »Fackel«?

Engl. Bezeichnung für die Flüssigkeit, in der Cleopatra mit Vorliebe badete?

Abk. des Bundesstaates, in dem Washington liegt?

Lieblingsgericht der Lämmergeier?

Was ist der treue Partner?

Musikalischer Bürgerschreck? (Nachname)

Abk. für Hamburger Fußballverein?

Kurzbezeichnung eines Revolutionärs, der an vielen Orten aufgehängt wurde?

Von wem ist das Lied »School's Out«?(Vorname)

Lehre der Sitten und Satten?

Dativ Plural eines Fisches?

Was ist das Gelbe in der Liedzeile: »Tie a yellow (?) 'round the old oak tree«?

14. und 15. Buchstabe des derzeit gültigen Alphabets?

Jungfernhäutchen?

Kleines grünes oder schwarzes Genussmittel mit Kern?

Der Lösungssatz schließlich lautete: »Haben Sie nichts Besseres zu tun?«

*

Carlo war mein Spielkamerad, der treue Freund an meiner Seite auf dem Weg ins wahre Leben. Beim Trinken wollte ich unbedingt mit ihm mithalten, er war mir in dieser Disziplin haushoch überlegen. Anfangs nahm ich deshalb, wenn ich mit ihm trank, immer ganz bewusst sechs Schlucke hintereinander – ich wollte Carlo nicht davonziehen lassen, in unserer Freundschaft sollte es so sein, dass wir immer zusammen ein neues Bier bestellten.

Wahre Freundschaft so-oll nicht wa-anken …

Wir schossen auf rohe Eier, wir warfen gekochte Kartoffeln an die Wand – ersteres war geplant, zweiteres eine spontane Aktion, aus dem Impuls heraus.

Mit Essen spielt man nicht.

Im Gänsemarsch über das Zuckerfeld.

Sugar baby love …

Wir leerten eine ganze Packung Zucker auf den Tisch, verteilten ihn auf der Tischplatte und ergötzten uns an der Karawane von Kronkorken, die durch die Zuckerwüste marschierte, im Gänsemarsch, direkt auf den Abgrund zu, der hinter der Tischkante lauerte.

Schreiend stürzten die Kronkorken in die Tiefe, wo sie oft tagelang liegen blieben.

Ich hatte viele helle Momente.

Ich konnte in der Zeit herumspringen, wie es mir beliebte, aus meinen Bildungslücken pfiff es schauerlich, zum Tod sagte ich furchtlos: »Schleich di!«

Die Finsternis war immer gegenwärtig, aber ich würde sie irgendwann wegblasen. Ich musste nur verrückt genug werden, dann könnte ich mir meine eigene Welt erschaffen.

*

Als Frau Nowatschek erfuhr, dass Walter ursprünglich aus Ybbs kam, war für sie alles klar. Aus Ybbs kämen nur Gauner und Ganoven, das sei schon immer so gewesen.

Sie war in St. Georgen an der Gusen aufgewachsen, ganz in der Nähe von Mauthausen. *Sie wuchs auf in St. Georgen an der Gusen, ganz in der Nähe von Mauthausen.*

Sie hatte kein Mitleid mit den Gefangenen im Konzentrationslager gehabt, es waren für sie lediglich Gauner und Ganoven eingesperrt gewesen, die kriminellen Verbrecher verbüßten nur ihre gerechte Strafe.

Und Walter Grosser, der später in den USA Karriere gemacht und es zu einem Bandenchef gebracht hatte, war auch nichts weiter als ein Ganove aus Ybbs. Sein Vater und sein Großvater hingegen waren ehrliche, hart arbeitende Menschen gewesen, Metzger, die Tiere selber schlachteten. Walter erzählte einmal davon, wie sie Schweine zum Schlachtplatz trieben. Am einfachsten ging es so, dass man ihnen mit den Fingern in die Augen fuhr – die Finger richtig in die Augen bohren und dann das arme Schwein zum Schlachtplatz ziehen.

Irgendwo habe ich gelesen, dass eine Katze an den Hinterbeinen aufgehängt wurde, und dass man ihr dann Salz in die Augen streute – die Katze hat sich selber die Augen ausgekratzt, ist elend zugrunde gegangen. Die Menschen sind erfinderisch …

Was aus Walter wohl geworden ist? Ich habe immer noch ein paar Bücher von ihm, die ich über Carlo bekommen habe. Walter ließ sie bei Carlos Mutter zurück, als er von heute auf morgen nach Übersee aufbrach.

In eines der Bücher (*Lange Abwesenheit* von Brigitte Schwaiger) hatte eine Monika am 24. 2. 1980 auf die erste

Seite geschrieben: »Lieber Walter! Ich bin froh, daß Du auf die Welt gekommen bist. I.h.d.l. Monika« – Kurz darauf hat er sie verlassen, ab in die USA.

*

Damals in Tunesien sahen wir aus unserem Reisebus immer wieder Karren, die von einem Kamel gezogen wurden. Der Reiseleiter kommentierte das jedes Mal: »Kamel zieht Karren!«

Als wir einmal zu einem stehenden Karren kamen, an dem hinten ein Kamel angebunden war, sagte er: »Karren zieht Kamel!« – Der ganze Bus lachte.

Manchmal summte der Reiseleiter leise vor sich hin, und ich hätte mich gern mit ihm unterhalten, aber ich bemerkte so etwas wie Verachtung in seiner Miene. Er wunderte sich vermutlich, dass Lisa sich mit so einem wie mir abgab.

Carlo sagte noch lange nach der Tunesienreise immer wieder unvermittelt: »Kamel zieht Karren« oder »Karren zieht Kamel«, und als er kurzfristig mit Karin zusammen war, konnten wir ständig hören: »Karin zieht Kamel.«

Letztlich hat er seinen Karren in den Dreck gefahren, hat sich weggeputzt von der Erdoberfläche.

Wie würde es dir heute gehen, lieber Freund?

Wir hätten einfach nicht auf Gräber.

Ach was!

Meine Freunde sind nicht mehr meine Freunde, *oh don't ask why,* es gibt sie nicht mehr, sie sind Leichen oder Langeweiler, sie sind verkommen, süchtig, kaputt, im Gegensatz zu vielen, die ich damals belächelt, wenn nicht verachtet habe.

Als ich Huscherl schon längst aus den Augen verloren hatte, erzählte mir einmal jemand, er hause in einer Wohnung, die voller leerer Weinflaschen sei. Es gebe nur schmale Wege durch die Wohnung zwischen den vielen Flaschen, Flaschen, Flaschen …

Wir waren eine Ansammlung von Flaschen und Nullen, eine Bande haltloser Gesellen, an den Wänden Socken in großen, alten, wurmstichigen Rahmen. Und Nasen mit Beinen.

*

Ich sehnte mich manchmal nach den *großen Ferien* – nach Geborgenheit, Freiheit, Abenteuer …

Ich war Mitglied einer Bande, kämpfte in einem Bandenkrieg. Wir waren eine wehrhafte und kampflustige Truppe. Ich lebte noch in einem Mehrfamilienhaus in einer Siedlung, bevor wir in ein Einfamilienhaus zogen. Es herrschte ein Bandenkrieg zwischen denen von der einen Seite und denen von der anderen Seite der Siedlung. Lang-Bande hieß unser Gegner, weil die Lang-Brüder dort die Chefs waren, Fahrrad Lang: Verkauf und Reparatur.

Wir standen uns auf einer Wiese zwischen zwei Wohnblöcken gegenüber, auf jeder Seite ungefähr 15 bis 20 Jungs, bewaffnet mit Schwertern und Lanzen aus Holz, mit Plastikwaffen, Schildern …

Einer von der Lang-Bande trug auch eine Art Banner, es gab Ansprachen (was gäbe ich darum zu wissen, was da gesprochen wurde!), und dann ging's los.

Meine eindrücklichste Erinnerung: Ich konnte einen der älteren Jungs ärgern, das heißt ich tat ihm mit meinem

Holzschwert weh, worauf er explodierte und ich die Flucht ergriff – diese Flucht dauerte sehr lange, führte schließlich sogar aus der Siedlung hinaus, das schöne Gefühl, dass mich der wutschnaubende Junge nie würde einholen können – ich war mir sicher, noch tagelang so laufen zu können, den Abstand halten zu können. Irgendwann gab er auf. Ich war ein guter Läufer. *Fox on the run …*

Bei unserer Bande waren auch ein paar ältere Jungs dabei (darunter einer, der sogar schon die Zeitung las, wie mir mein Vater sagte), sie nahmen einen Lang-Buben gefangen, er wurde dabei am Kopf verletzt, es floss Blut – am Abend gab es ein Nachspiel: Vater Lang marschierte vor unserem Wohnblock auf, mit der Lang-Bande im Schlepptau, und hielt eine flammende Anklagerede gegen uns Kinder und vor allem gegen unsere Eltern. Die Mutter eines unserer Bandenmitglieder, Frau Ess, gab ihm Kontra, alle hingen an den Fenstern, ein abendliches Sommerspektakel, die großen Ferien aus einem vergangenen Jahrhundert.

Es war ein weiter Weg von den Banden zu den Bands.

*

In der Stadt der Musik, der Hochkultur, der Hochmusik leistete auch ich meinen Beitrag, indem ich im Lauf der Jahre in zwei Bands spielte.

Bei der ersten Band waren wir zu dritt – außer mir war niemand von der kleinen, lustigen Gruppe dabei. Wir schafften es, an einem einzigen Abend eine ganze CD, beziehungsweise LP aufzunehmen, auf Kassettenrekorder, wie es damals hieß. Musikalischer Berater und Stimulator war Weißwein. Die Instrumente, die wir verwendeten, waren Gitarre, Trompete, Mundharmonika, diverse Utensilien zum

Klopfen und ich weiß nicht mehr, was noch alles. Was ich weiß ist, dass wir diese Kassette später immer wieder vorspielten – mit großem Erfolg, denn es flossen nicht selten Lachtränen. Hat nicht der große Peter Alexander gesagt, es sei einfacher, Leute zum Weinen zu bringen als zum Lachen? Und hat er in seiner Weisheit nicht auch gesagt, dass Lachen gesund sei? Leider ist die Kassette verschollen …

An den Refrain eines der Lieder erinnere ich mich: *Franz, Franz, ab den Schwanz, fick doch dein Frühstücksei, endlich männerfrei!*

Wir waren am Pulsschlag der Zeit, die Emanzipationsbewegung bewegte uns, *women's liberation came kreeping all across the nation,* wir sahen einer großen Bühnenkarriere entgegen.

Mitnichten.

Einer meiner Bekannten, der dafür bekannt war, unglaublich schnell Gitarre spielen zu können (schneller als ich zu meiner besten Zeit), rief mich an, ob ich nicht Interesse hätte, bei einer Band mitzuwirken, als Sänger und Gitarrist, sie bräuchten noch so einen, sie hätten einen größeren Auftritt in Aussicht, er habe da eine junge Partie um sich geschart, alle um die 16 Jahre alt, er war wie ich schon Anfang 20, ich sagte zu, und bei der ersten Zusammenkunft fragte ich: »Was für Lieder spielen wir?« Die Antwort war ernüchternd: »Wir haben noch keine.«

Das beflügelt, ich saugte mir auf die Schnelle zehn Songs aus den Fingern. Der Sologitarrist konnte endlose Soli spielen, in einer beeindruckenden Höllengeschwindigkeit, also stand dem Auftritt nichts entgegen.

Carlo war auch im Publikum, er stand inmitten all der jungen Menschen, gleich mehrere Schulklassen waren anwesend, und ich ließ die Sau raus, tobte auf der Bühne herum wie ein aufgescheuchtes Ferkel, dem man ein Feuer unter dem Hintern gemacht hatte. Auch von diesen Liedern kann ich heute keines mehr, nur ein einziger Refrain ist mir wieder im Kopf geblieben: *Harry wants to marry Mary but Mary is in a hurry.*

Bei meiner Zahnärztin im Warteraum lag ein dünnes Büchlein, das hieß: *Leben voll Freude!* Der Untertitel lautete: *Zeugnisse junger Menschen.* Einer der Texte darin gefiel mir so gut, dass ich das Büchlein mitnahm. Ich wollte es beim nächsten Mal zurückbringen, konnte mich aber nicht mehr davon trennen. Ein gewisser Klaus schreibt unter der Überschrift *Es begann mit Rockmusik* von seiner Musik-Sucht, die ihn fast umgebracht hätte:

»Angefangen hat es bei der Maturareise. Wir haben sehr viel Alkohol konsumiert, und mein Freund hat Heavy Metal gehört [...] In Wien habe ich mir dann die Kassette von meinem Freund ausgeborgt [...] Schließlich habe ich mir selbst CD's dazugekauft [...] In dieser Zeit hatte ich große Probleme. Da war die Frage nach der Zukunft: Sollte ich weiterstudieren oder einen Job suchen? Und da waren auch Probleme mit den Eltern. So habe ich Trost in dieser Musik gesucht und mich einfach zurückgezogen, um sie zu hören. Ich habe zu studieren angefangen, aber bald sagte mir mein Vater, daß ich nicht weiterstudieren dürfe, weil es zuviel Geld koste. So habe ich mich abrupt dazu entschieden, zum Bundesheer zu gehen. Dort habe ich weitere Musikrichtungen kennengelernt und viel Musik gehört. Es wurde für mich zur Gewohnheit. Wenn man z.B. etwas nicht tun wollte, etwa Putzen, dann hat man sich einfach so eine CD angehört, und es ist dann besser gegangen, weil man dadurch aggressiver wurde [...] In dieser Zeit war ich schon in einer

Gebetsgruppe und die Leute dort sagten, ich sollte diese Musik besser nicht hören. Aber ich hab gemeint, daß ich recht gut damit klar komme und keine Probleme damit habe [...] Als ich die Abschlussprüfung für den Offiziersanwärterkurs ablegen mußte, wuchsen mir die Probleme über den Kopf [...] Ich habe sehr stark die Macht des Bösen gespürt. Weil ich auch ein Mädchen kennengelernt hatte, kam ich noch weniger zum Lernen [...] Am Tag vor der Prüfung habe ich gemerkt, daß das Lernen keinen Sinn mehr hatte, und habe mir eine CD eingelegt und neben der Musik eine Art Abschiedsbrief zu schreiben begonnen [...] In der Zeit habe ich mich noch mehr in diese Musik hineingeflüchtet. Bei einem Gruppen-Wochenende haben wir eine kleine Wallfahrt zu einer Kirche gemacht. Dort habe ich mich am Friedhof auf einen Grabstein gelegt und gedacht, wie schön es wäre, keine Probleme mehr zu haben. Am Abend zu Hause ist es mir ziemlich schlecht gegangen, und ich wußte nicht mehr, wie es weitergehen sollte. So habe ich bei meiner Gruppenhelferin angerufen [...] In derselben Nacht habe ich dann auch noch alle CD's mit dieser Musik zur Aufbewahrung weggegeben, obwohl es mir sehr schwer fiel [...] Durch ein Mißverständnis wurden diese CD's später sogar vernichtet, ohne daß ich wirklich davon wußte. Im Nachhinein bin ich Jesus dafür aber sehr dankbar. Es war ein Schritt zurück in die Freiheit.«

Danke, Klaus!

Und noch ein kurzer Absatz aus dem Buch *Leben voll Freude!*, herausgegeben von der Jüngergemeinschaft in der katholischen Kirche, aus einem Text von einer Sigrid:

»So lud ich die Teilnehmer vom Seminar ein, mit mir gemeinsam die Bücher zu verbrennen – um ein sichtbares

Zeichen vor Gott und auch vor der Gemeinschaft zu setzen. Am folgenden Samstag trafen wir uns auf der Donauinsel. Bei strömendem Regen und unter Lobpreisgesang gingen die Bücher in Flammen auf. Ich spürte tiefe Erleichterung. Der einzige Erlöser und Heiland, den wir brauchen, ist JESUS CHRISTUS!«

Danke Sigrid!

Gott im Himmel, Socken im All – alles nur ein Widerhall!

*

Ich studierte noch in Salzburg, versuchte es auf mehreren Fachgebieten. Ich habe keines der Studien abgeschlossen, in der Hinsicht bin ich mir treu geblieben. Nach jedem Abbruch spürte ich tiefe Erleichterung, jedes Mal wieder fühlte es sich an wie ein Schritt zurück in die Freiheit.

Aber ich hatte auch meine Erfolge auf der Universität, die kein Zeugnis der Welt hätte aufwiegen können ...

Ich besuchte eine Vorlesung auf der Kunstgeschichte zum Thema Dadaismus und Surrealismus, ohne diese Studienrichtung inskribiert zu haben. Ich nahm aus Jux und Tollerei an der Vorlesung teil, nein, aus Interesse, denn auch ich wollte einmal an einer fremden Tür anläuten und fragen, ob ich dort wohne. Am Ende des Semesters machte ich sogar die Abschlussprüfung mit, einen Test in schriftlicher Form. Es war ein großer Spaß, die Fragen zu beantworten. Ich tat das auf unterschiedliche Arten. Ich antwortete aus der Sicht eines empörten Bürgers, der sich von den Dadaisten und Surrealisten aus diesen und jenen Gründen provoziert fühlte. Ich antwortete in vermeintlich sinnlosen Sätzen, in denen aber zum Beispiel die Titel der gefragten Bilder vorkamen. Ich antwortete automatisch, öffnete die Schleusen meines

Unterbewusstseins, ließ es laufen. Als Namen setzte ich Albert Kakerlak darunter.

Nach den Semesterferien begann der Professor die erste Vorlesung, indem er über meinen Test sprach. Quintessenz: In all dem Grau in Grau sei hervorgestochen der Test eines Herrn Kakerlak, und daraus las er vor, zum Gaudium der anwesenden Studentinnen und Studenten. Zum Schluss wünschte sich der Professor, Herrn Kakerlak in seiner Sprechstunde zu sehen – ich ging natürlich nicht hin.

Einen zweiten großen Erfolg feierte ich unter meinem richtigen Namen, damals war ich noch mit Lisa zusammen, sie studierte Biologie, ich studierte Germanistik und nahm teil an einem Seminar über Biografien, aus welchen Gründen auch immer. Ob ich ein Interesse an biografischer Literatur hatte? Eher nicht. Ich war schon wieder kurz davor, alles hinzuschmeißen. Jedenfalls nahm ich noch die Aufgabe an, über das Buch Soundso von Autor Soundso ein Referat zu halten. Die Wochen vergingen, ohne dass ich das Buch auch nur aufgeschlagen hätte, der Termin rückte näher. An einem Dienstag schließlich sollte ich das Referat halten, am Freitag davor lieh ich mir endlich das Buch aus der Bibliothek und war schockiert, denn es hatte über 800 Seiten. Na, habe die Ehre, es war klar, ich würde die Sache bleiben lassen, es war auch schon sommerlich warm, Lisa und ich verbrachten das Wochenende im Schwimmbad, wir tranken viel, wir liebten uns viel, das Referat war gegessen, und dann, am Montag, ich lag mit Lisa im Bett, es war gegen 23 Uhr, sprang ich wie von der Tarantel gestochen auf: Ich halte das Referat! Lisa hielt mich für verrückt, ich schickte sie nach Hause, sie wohnte ganz in der Nähe, und ich ackerte das Buch durch, mein Kopf rauchte, ich war hochkonzentriert … Was mir half: Ich hatte einen Essay über das Buch zur Verfügung, aus dem ich schöpfen konnte, und das Buch selbst hatte auf jeder Seite eine kleine Überschrift, die quasi angab, worum es jeweils ging. Ich wusste ungefähr, worauf es ankam beim Schreiben einer Biografie (ich hatte nicht nur geschlafen in dem Seminar), also diese glücklichen Umstände halfen mir, mein Referat bis 8 Uhr fertig zu stellen, ein sogenanntes Thesenpapier zu verfassen, übrigens auf einer mechanischen Schreibmaschine unter viel Einsatz von Tipp-Ex. Ich eilte zur Universität, kopierte das Thesenpapier für die Studierenden, saß kurz nach 9 Uhr im Seminarraum, Professor Soundso fragte, ist Herr Kakerlak anwesend (nein, er nannte mich anders), ich meldete mich und legte los. Ich redete, die Mitstudierenden hielten ein Schläfchen währenddessen, der Professor war der einzige, der zum Schluss Fragen stellte. Es waren genau drei Fragen, die ich zufälligerweise alle beantworten konnte, und der gute Mann schloss mit den Worten, er bedanke sich bei mir, es sei eine große Leistung über dieses dicke Buch gearbeitet zu haben, und dann klopfte er nach akademischer Art auf den Tisch, und die Mitstudierenden fielen müde in sein Klopfen ein.

Ich glaube, es war meine letzte Arbeit auf der Universität, ich hatte keine Zeit für das Studium, ich musste »leben lernen«, wie ich es nannte, die verrückten Spiele mit meinen Freunden waren mir wichtiger als der Rülpser eines Minneliedsängers. Ich versprach mir nichts weniger davon als ein Leben ohne die Kompromisse der Normalität und das Wort Familie stand auf der Liste der verhassten Wörter ganz weit oben. Ganz oben auf der Liste meiner Lieblingswörter standen Strom, Freiheit, Spielfreude, Traurigkeit, Eisberg …

Ohne Arbeit ging natürlich gar nichts. So versuchte ich mich als Nachtwächter, Lagerarbeiter, Tischler … Dabei sang ich immer wieder eine Zeile aus einem Lied der Lassie Singers: *Nur weil wir keine Ausbildung haben, machen wir den ganzen Scheiß …*

*

Fleiß und Durchhaltevermögen waren nie meins gewesen, auch aus Angst vor einem Ergebnis, das dann beurteilt würde, man kennt die Mischkulanz. Ich wartete immer auf den Fluss, der früher oder später über die Ufer treten und mich mitreißen würde, *owe den Boch …*

Medjerda, Medscherda, Merda.

Ich fragte Lisa, was sie von Tunesien in Erinnerung habe. Es war klar, dass sie ganz andere Erinnerungen hatte als ich.

Sie erinnerte sich zum Beispiel an einen Friedhof, den schönsten Friedhof, den sie je gesehen habe. Ein Hügel, der zum Meer abfiel, flache Grabsteine im Boden, Schafe, die zwischen den Gräbern weideten …

Sie erinnerte sich auch daran, dass Carlos Mutter, die sie Maria-Tant' nannte, eine Flasche Whisky mitgenommen hatte, und sie verabreichte uns täglich unsere Dosis Medizin gegen Magenverstimmungen, die in Ländern wie Tunesien leicht auftreten würden.

Sie erinnerte sich an die Dattel-Fabrik.

Wir schauten den Frauen bei der Arbeit zu.

Ich fühlte mich fehl am Platz.

Die Sonne verfinsterte sich …

Oh when the saints go marching in …

Bei einer »Jazz-Messe«, wie das in meiner Jugend genannt wurde, eine Messe mit »Strom-Gitarre«, sorgten wir einmal zu zweit für die musikalische Umrahmung. Ich kann mich an meinen Mitstreiter nicht mehr erinnern, auf alle Fälle spielte er die zweite Geige, also er begleitete mich schlicht auf seiner Gitarre, während ich sang und auch für das Gitarren-Solo zuständig war.

Ich erinnere mich, mit welcher Inbrunst ich dieses italienische Lied *Laudato si* sang –. Die Kirchenbesucher sangen den Refrain mit: »*Laudato si, o mi Signore, Laudato si, o mi Signore …*«, während ich die einzelnen Strophen sang, auf Italienisch natürlich: »*E per quelli che ora cantano …*«

Das gefiel mir, das war schön, bella, bellissima!

Sprachen hätte ich lernen sollen, in der Schule gab es dieses Angebot, auf der Universität, auf der Volkshochschule …

*

Der Tischler, bei dem ich eine Zeitlang aushalf, war auch kein Weltmeister, kein Champion der Hinterhöfe, um Bohumil Hrabal anklingen zu lassen, den trinkfesten Tschechen, der das Bafeln hochhielt.

Am ersten Tag in der Tischlerei, einem Einmannbetrieb, sollte ich gleich an einer Schneidemaschine mit einem rotierenden Sägeblatt Holz zuschneiden.

Der Tischler war kein Mann großer Worte, zur Einführung an der Maschine hielt er mir lediglich stumm seine rechte Hand vor die Nase, an der der Daumen fehlte. Dazu nickte er vielsagend.

Ich machte hauptsächlich sogenannte »Gaszähler-Brettchen«, das waren kleine Holz-Tischchen, auf denen die Gaszähler in den Haushalten standen. Ich habe auch heute noch so einen in meiner Wohnung. Mein Chef hatte die Konkurrenz mit seinem Preis erfolgreich unterboten und von der Stadt einen Großauftrag bekommen, deshalb brauchte er mich. Ich fabrizierte tausende dieser Brettchen. Erst zuschneiden, dann zusammenstecken (Tragfläche mit zwei Fußbalken), anschließend beizen oder wie das hieß.

Ich war recht geschickt, zum Beispiel fand ich für eine Tätigkeit, die der Tischler seit Jahren auf seine Weise ausführte, eine bessere, einfachere, effektivere Lösung. Er schaute mir eine Weile schweigend zu, nickte, machte es dann so wie ich, natürlich ohne ein Wort der Anerkennung. Er wollte mich als Lehrling aufnehmen, aber ich hatte andere Berufspläne.

Einmal gingen wir nach erledigter Arbeit zusammen zu einem nahen Heurigen. Schweigend tranken wir ein paar Viertel Wein und trennten uns danach. Am nächsten Tag ging das Schweigen in der Werkstatt weiter.

Kurz darauf hatte er einen Schlaganfall.

Ich habe ihn später im Pflegeheim besucht, er konnte nur noch undeutlich lallen und war auf den Rollstuhl angewiesen. Ich schaute mir eine Stunde lang Fotos von Bergen an, Bergwandern war seine Leidenschaft gewesen, was ich gar nicht gewusst hatte. Schweigender Berg, schweigender Tischlermeister. In seinem Zimmer hing ein großer Eispickel, auf den er mich immer wieder hinwies, dabei nickte er freudig erregt.

Ich habe in einer Ecke immer noch eine alte mechanische Schreibmaschine stehen, die aber schon lange nicht mehr funktioniert. Vielleicht werde ich einmal in einem Pflegeheim dahinvegetieren und Besucher auf meine alte mechanische Schreibmaschine aufmerksam machen.

Der Tischler redete nicht viel, dafür summte er während der Arbeit die ganze Zeit vor sich hin. Das hatte vielleicht auch damit zu tun, dass er nicht gut hörte. Was summte er? Vielleicht *Im Frühtau zu Berge wir ziehen, fallera*?

Alle glaubten, der Mann sei an den Rollstuhl gefesselt, bis er eines Morgens aus einem Fenster stieg und versuchte, auf den Berggipfel zu gelangen.

*

Ich habe das Hotel El Mouradi gegoogelt, in dem wir damals in Tunesien untergebracht waren. Es steht in Port El-Kantanoui in der Region Monastir, einer auf dem Reißbrett geplanten Hafenstadt, zirka 10 km nördlich von Sousse. An Monastir und Sousse kann ich mich dunkel erinnern, El-Kantanoui sagt mir nichts.

Es war jedenfalls dort in der Nähe, dass viele Jahre später ein schießwütiger Terrorist Touristen, die am Strand herumlagen, Federball spielten, an Cocktails nippten, Bestseller lasen und sich über Lappalien beschwerten, mit seinem Maschinengewehr niedermähte …

Was wurde aus dem schießwütigen Terroristen?

Was wurde aus den Touristen, die überlebten?

Was wurde aus mir?

Ich kenne einige alte Deppen, die immer wieder dieselben Geschichten erzählen. Anekdoten sind der Sex des Alters.

Vor Jahren kannte ich jemanden, der auch immer wieder dieselben Geschichten erzählte, er neigte zu maßlosen Übertreibungen. Ich freute mich jedes Mal, wenn er eine Geschichte erzählte, die ich schon kannte, denn die Abweichungen von der vorigen Version interessierten und amüsierten mich sehr. Sie waren der Grund, warum ich mir seine Geschichten immer wieder gern anhörte. Besonders schön war es, wenn er vergessen hatte, dass ich bei dem Ereignis, von dem er erzählte und das er ausbaute, beschönigte, zuspitzte, dabei gewesen war. Er konnte aus einer Mücke einen Elefanten machen, und beim nächsten Mal aus dem Elefanten einen Dinosaurier …

Huscherl war auch ein Erzähltalent. Er konnte endlos über den Kosmos schwadronieren, am liebsten hätte er seine Socken auch dort oben verteilt.

Einmal meinte er, es gäbe auch im Kosmos Wale, nur seien die für unsere Augen unsichtbar, sie würden aber ganz ähnlich singen wie die Meerestiere. Jedenfalls gäbe es nicht nur im Meer Walgesänge, sondern auch im Kosmos, die seien für ihn deutlich zu hören, »Allgesänge«. Er stellte eine weit hergeholte, mehr als abstruse Verbindung her zwischen den Wörtern »Wal« und »All«, »Wasser All«, »Kosmos All«: »W-all«, »K-all«, von dort war es nicht weit zu »Urkn-all, aber auch zu »K-all-i«, beziehungsweise »Kali«, der indischen Göttin, »Die Schwarze«, Göttin des Todes und der Zerstörung, aber auch der Erneuerung. Er kam auf Jonas zu sprechen, die Hohlwelttheorie, Einstein und Hawking, Schwarze Löcher sowieso, brachte alles in einen haarsträubenden Zusammenhang, es war ein eruptives Durcheinander. Hörte man ihm länger zu, bekam man Hirnsausen.

Schieb den Wal zurück ins Meer …

Einmal erzählte uns Huscherl, er habe von Socken geträumt. Im Traum war es zu einer wundersamen Sockenvermehrung gekommen. Er nahm die Wäsche aus der Waschmaschine und da waren ein paar kleine Socken dabei, die es vorher nicht gegeben hatte. Einzelsocken. Sie waren winzig und sahen anderen Sockenpaaren ähnlich, »wie aus dem Gesicht geschnitten«. Neben einem weißen Paar mit roten Herzen lag jetzt ein weißes Söckchen mit roten Herzchen.

In der Traum-Zeitung konnte Huscherl die Schlagzeile lesen: »DAS WUNDER DER BABY-SOCKEN!« und darunter stand: »Die Textil-Wissenschaft steht vor einem Rätsel.«

Huscherl schlüpfte mit einer Hand in eine Socke. Indem er die Finger bewegte, wurde die Hand zum Mund. Eine zweite Socke trat auf den Plan:

Ich bin nackt unter dem Stoff.
Das bin ich auch.
Nein, bist du nicht. Du trägst eine Uhr am Handgelenk.
Das zählt nicht.
Doch, das zählt.
Ich verstehe nicht.
Du hast die Uhr, ich habe die Zeit.
…

Eine Zeitlang hatte ich in einem Seitenfach meines Rucksacks, mit dem ich mich im Alltag bewegte, stets eine einzelne Socke. Sie war von Lisa und erinnerte mich an schöne Zeiten …

Die vielen Fotos, die Huscherl von sich machen ließ! Er sprach gern wildfremde Menschen an und bat sie, ihn zu fotografieren, dabei achtete er immer darauf, dass sich vor seinem Gesicht eine Stange oder ein Balken befand: ein Strommast, ein Laternenpfahl, eine Zaunlatte … Fotos, auf denen sein Gesicht vollständig zu sehen war, musterte er aus.

Huscherl, wo bist du?

Huscherl, was machst du?

Huscherl, würde ich dich noch erkennen?

Ich wollte Huscherl wiedersehen, aber niemand wusste, wo er geblieben war. Ich suchte allerdings nur halbherzig, eigentlich gar nicht. Vielleicht hätte ich Ernst nach ihm fragen sollen, er hatte am meisten mit ihm zu tun gehabt, die Liebe zu Italien verband die beiden. Huscherl wanderte durch Italien und hinterließ Socken, Ernst fuhr mit dem Auto durch Italien und hinterließ keine Essensreste. Lieber als mit einem Auto hätte er Italien mit einem Pferd durchquert … Ihn hätte ich bestimmt in Siena finden können, am 2. Juli oder am 16. August.

Riders on the storm …

*

Ernst wurde plötzlich Ernesto, war von diesen Pferderennen in Siena und allem Drumherum völlig begeistert, er machte uns neugierig, steckte uns an durch seine Erzählungen.

Il Palio. Als ich das erste Mal nach Siena mitfuhr, war ich noch skeptisch, ein Pferderennen um den Hauptplatz, was sollte das schon groß sein? Aber wie ich dann mitgerissen wurde!

Bei meinem ersten Rennen gab es gleich 15 Fehlstarts, das heißt, immer wieder alles retour, ziemlich komplizierter Start-Modus, auf den ich jetzt aber nicht eingehen will. Die Spannung, die vor dem Rennen aufgebaut wird, ist phänomenal. Stundenlang wartet man auf den Beginn des Rennens, stundenlang steht man eingepfercht auf der Piazza del Campo, dem zentralen Platz der Stadt, wo das Rennen ausgetragen wird. Einmal drinnen kommt man nicht mehr hinaus, pinkeln unmöglich. Zuerst wartet man auf den Beginn des feierlichen Umzugs, da drehen Reiter, Ochsengespanne, Fahnenwerfer und andere ganz gemächlichen Schrittes die Runde, wobei sie immer wieder minutenlang Halt machen. Der Palio, der Preis für den Sieger, wird auf der Rennstrecke um den Platz geführt: eine Fahne mit dem Bild Marias, jedes Jahr von einem anderen Künstler gestaltet.

Und dieses wunderschöne Lied, ich kann mich an die Melodie erinnern, man hört das Lied ständig, in der ganzen Stadt, es hat eine so einprägsame Melodie, man wird sie nicht mehr los, sie bleibt einem im Kopf, bei beiden Ohren hinein und nicht mehr hinaus.

Nach dem Rennen fließen viele Tränen und viel Wein, es wird gesungen, getrommelt, getanzt …

In meinem Kopf habe ich herrliche, lebenspralle Bilder:

Das Pferd, das in der Kirche vorne beim Altar steht und vom Pfarrer gesegnet wird.

Der Mann, der sich Wein über den Kopf leert, und dann von einer Frau heftig abgeknutscht wird.

Menschen, die sich kurz nach dem Rennen am Boden im Staub wälzen, sich die Haare raufen.

In den Stadtteilen, die teilnehmen (es dürfen immer nur zehn von den 17 sogenannten Contrade teilnehmen), stehen auf einem Platz oder einer Straße lange Reihen von Tischen und Bänken, wo vor- und nachgefeiert wird, und tagelang ist dieses Lied zu hören, das ständig gesungen wird.

Und auch die Namen der Stadtteile, die gegeneinander antreten, klingen in meinen Ohren wie Musik, lösen bei mir Sehnsucht aus: Bruccho, Chiocciola, Tartuga, Onda, Pantera, Istrice, Torre. Im »Torre Stüberl« wie Ernesto es nannte, war er während der Palio-Zeit immer wieder anzutreffen, und er ist es wahrscheinlich heute noch, Ernesto grosso, oder Ernesto festo, wie er auch genannt wurde, der uns mit Trinksprüchen wie »All' apparato!« zuprostete, der uns am Morgen mit Fußtritten weckte (wir campierten damals wild etwas außerhalb der Stadt), weil er auch keines der vormittäglichen Proberennen versäumen wollte, und der uns aus den Schlafsäcken trieb mit Sprüchen wie: »Auf die Pferde, ihr Ratten!«

Inzwischen hat Ernesto eine Wohnung in Siena, wie ich gehört habe. Oder habe ich das nur geträumt?

Es gibt wenige Menschen, die über den Palio so gut Bescheid wissen wie er. Er kennt alle Pferdenamen und Reiternamen, er kennt alle Ergebnisse der letzten hundert Jahre. Ein Verrückter.

Ernesto, wo bist du?

Wie geht es dir?

Wie siehst du aus?

*

Es gab eine Zeit, da war ich der Meinung, langhaarige Männer, die natürlich alle Fans von Rockmusik waren, seien die besseren Menschen. Langhaarige Männer sind die Guten, das stand für mich fest. Diese Ernüchterung während einer Interrail-Reise, als ich erkennen musste, dass der langhaarige Deutsche mit der Gitarre, den wir in einer Bahnhofshalle in Florenz kennengelernt hatten, ein ausgesprochenes Arschloch war.

Später glaubte ich dann eine kurze Zeit lang, Radfahrer seien die besseren Menschen …

Apropos, ich will auch nach meinem Tod noch Rockmusik hören, um mich in eine gewisse Aufbruchstimmung zu versetzen, um abzuheben …

Mit Porno-Paul war ich einmal bei einem Fußballspiel im Stadion, in der Halbzeitpause wollte er gehen, weil er dachte, das Spiel sei zu Ende.

Er müffelte.

Er roch einfach nicht gut.

Er trug meistens schwarze Kleidung, er war meistens schweigsam.

Ich lernte ihn nicht kennen.

Wie der Valium-Express verschwand er eines Tages von der Bildfläche.

Erst Jahre später, am Straßenrand …

Nein, das war ein anderer.

Paul kratzte die Kurve, er heiratete, aber ich durfte bei der Hochzeit nicht wie ausgemacht mit einer absichtlich verstimmten E-Gitarre aufgeigen …

Ernesto, wo bist du?

Im Stadionrund immer wieder: *Immer wieder, immer wieder, immer wieder Österreich …*

Die österreichischen Liedermacher gingen uns damals durch die Bank auf den Sack, manche mehr, manche weniger.

Lisa stand zum Beispiel auf André Heller, ich nicht (und ich konnte es nicht fassen, dass Helmut Qualtinger sich mit ihm abgab). Ich hielt Hellers Pathos nicht aus, wenn er von »Phantasie« sprach, stellte es mir die Haare auf, wenn er das Wort »Poesie« aussprach, bekam ich Brechreiz, und hätte ich ihm länger zuhören müssen, hätte ich einen Hautausschlag bekommen, wenn nicht Schlimmeres, da war ich mir sicher.

Später hatte auch ich eine Phase als Liedermacher. Dabei ging ich deutlich raffinierter vor als alle anderen: Ich zerschnitt ausgewählte Lieder eines Liederbuchs, das ich aus einer Kirche mitgenommen, also gestohlen hatte, und setzte die ausgeschnittenen Takte neu zusammen, mit Hauptaugenmerk auf den Text – die Melodie war nichts weniger als haarsträubend und nur schwer zu singen. Hier ein paar Textausschnitte meiner famosen Lieder, die von Ö3 boykottiert wurden. Ich will sie nachträglich Klaus widmen, dem Klaus, dem seine Heavy-Metal-Sucht fast zum Verhängnis geworden wäre:

Du bist wahrer Mensch und Brot. Hei --- Sakrament! Ohne End.

Zu – hauf, ihr jugendlichen Herrn, ver – eint mit den Her – ren, den mäch – ti – gen, de – nen.

Sin – ge klein. Sin – ge laut! Kreaturen, Meere, Nichts.

O Je zu, o Je zu, will mich ü – berge – ben oh – ne End

Ich und ich und ich von gan – zem Her – zen, von gan – zem Her – zen. Ich freu – e mich und bin in Dir! Ich freu – e mich und bin in Dir! Ja! Ja! Will er – zäh – len von lu – lu – ja, ja, lu – lu

Gro – ßer wir lo – ben dich, dei – ne Stär – ke. Alles ist dein Ei – gen – tum. Ref: Wie du warst so bleibst du

Dun – kel Sohn / Kraft Va -----ter
Sei ein Fest sei ein Fest
Du und Du und Du
Dass du mich lässt zu dir o dir und da ich komm!
Ganz woll'n wir le – ben komm!
Und du bi ba und du o und bi Du
Zu al – len Zei ---------------------ten sein mit dir. Aus
Und du, und du machst mich ganz neu

An das Lied *Wem Gott will recht Gunst erweisen,* nein, es heißt *Der frohe Wandersmann,* denke ich immer wieder. Schon früh war mir aufgefallen, dass beim Abdruck des Liedes in diversen Liederbüchern wie *Die schönsten deutschen*

Volkslieder und in den Schulbüchern sowieso meist die zweite Strophe fehlte. Für mich war diese Strophe die wichtigste und beste. In den anderen Strophen geht es um Bächlein, die von Bergen springen, um Lerchen, die in der Luft herumschwirren, Wald, Feld und Schas mit Quasteln, aber die zweite Strophe spricht Klartext, die kann ich auswendig: *Die Trägen, die zu Hause liegen, / erquicket nicht das Morgenrot, / sie wissen nur von Kinderwiegen, / von Sorgen, Last und Not um Brot.*

Das Morgenrot sollte mich erquicken, kein Kindergeschrei sollte mich deprimieren, keine Enge, keine Sorgen … Gott hat mir keine rechte Gunst erwiesen, er hat mich nicht in die weite Welt geschickt, vielleicht auch deshalb, weil ich nicht mehr an ihn glaubte. Ich wurde kein großer Reisender, eher ein Stubenhocker, Stüberlhocker, ich sage nur: Weinstube, Bierlokal, Bar, Gasthaus, Wirtshaus, Stehweinhalle, Café, Pub, Espresso, Brandineser … Dort überall ließ es sich gut von großen Reisen träumen, die Verwirklichung musste nicht sein. Carlo war ganz meiner Meinung, unser Sitzfleisch war nicht von schlechten Eltern. Ich trug ihm gern eines der *Kneipenlieder* von Rainer Brambach und Frank Geerk vor: »Ein Kindlein wird geboren, / wir trinken noch ein Glas / und bleiben ungeschoren / von wo und wie und was …«

Der Rosengarten, das Kind in der Jauchegrube …

Achten Sie auf den Spalt!

*

Vielleicht hätte ich mich wie Rimbaud als Waffenhändler versuchen sollen. Alles besser als zum Beispiel Lehrer, Carlo hatte mir einmal prophezeit, ich würde dereinst Lehrer sein, ich habe ihn ausgelacht. Nichts gegen Lehrer, ich bin ja kein Idiot. Aber auch kein Lehrer.

Ich hatte Appetit, war voller Ichsucht, füllte abscheuliche Blätter, verabscheute Hände und Füße, war ein schwarzes Tier, zerstreut, schwächlich, wollte nie arbeiten, mir grauste vor meiner eigenen Dummheit, die Lebensuhr blieb stehen, ich wollte kein Skelett werden, ich war zärtlich wie ein Scheiterhaufen, ich habe nichts gelernt, alles abgebrochen, führte ein komische Ehe, närrisch und irr wollte ich sein, die Vernunft schoss ich in den Wind, ich wollte mein Leben vertrödeln, in den Kosmos schauen, Sterne zählen, ich lehnte mich auf gegen den Tod, sie mochte meine Dämonen nicht, mit einem trunkenen Auto schoss ich dahin …

Ich habe Rimbauds *Eine Zeit in der Hölle* wieder gelesen, abgeschrieben, variiert, mich in die Zeit zurückversetzt, als alles begann, aufhörte, durcheinander geriet …

Rimbaud sprach uns aus der Seele: »Hunger, Durst, Schreie, Tanz, Tanz, Tanz, Tanz!«

Das trunkene Schiff, der Titel gefiel uns besser als die Gedichte in dem Buch.

Ein Flugblatt, das Carlo und ich auf den Straßen verteilten, war übertitelt mit *Wir fordern ein neues Erziehungskonzept!!!*

Untiere in Menschengestalt kamen aus Liverpool nach Brüssel und haben wohlbedacht in einem Stadion ein Massaker, ein wahres Blutbad angerichtet. Millionen Fernsehzuschauer mußten mitansehen, wie sich Menschen aufführen können, wenn sie von Haß und Brutalität beherrscht sind. Wir schämen uns für den ORF, der es nicht gewagt hat, die Sensationsgier seiner Zuseher nicht zu befriedigen, und anstatt der Übertragung Trauermusik zu senden. – Trauermusik hätte unserem Ruf als Kulturstaat, als Gemeinschaft mitfühlender Menschen, gerecht werden können.

Kein Politiker traut sich einzugestehen, dass die wahren Ursachen der tödlichen Ausschreitungen wild gewordener Fußballrowdies in Brüssel auf folgende Faktoren zurückzuführen sind:

Jugendliche Arbeitslose erhalten zu hohe Geldzuwendungen, die ihnen die Möglichkeit bieten, von einem Stadion zum anderen zu fahren, um dort zu randalieren. Die Flut von Filmen, in denen Mörder und Terroristen unterschwellig verherrlicht werden. Die täglichen Berichte in Zeitungen, in denen Brutalitäten ausführlich beschrieben werden. Das HUMANISIERUNGSGESCHWÄTZ und die viel zu geringen Strafen für verbrecherische Gewalttaten. In der Schule haben die Lehrer keine Handhabe mehr, um gegen asoziale Schüler vorzugehen.

Die Hölle ist die Vorstellung der Schwäche, die Gott unfreiwillig von sich selbst gibt. – Georges Bataille

Tragen wir gemeinsam die VERANTWORTUNG für unsere KINDER!!!

11 Milliarden Menschen im Jahr 2050

Kommen auch SIE zu unserer KUNDGEBUNG: 1. Juni, 20:00, Sporthalle Alpenstraße

Impressum: FUD – Verein zur Förderung unselbständigen Denkens, Postfach 1 – 5 – 45, 5020 Salzburg, Spenden erbeten Salzburger Sparkasse 01100717959

An einen der Passanten, denen ich das Flugblatt in die Hand drücken wollte, kann ich mich erinnern, es war Peter

Handke. Er verweigerte die Annahme, der Gräserbeschwörer und Blätterlauscher. Ich sah ihn einmal in einem Gastgarten auf dem Mönchsberg sitzen, da steckte er sich ein Baumblatt ins Ohr und ließ seine Blicke verzückt ins Weite schweifen.

Ich tat es ihm später gleich und war angenehm überrascht. Das Blatt knisterte in meinem Ohr, es flüsterte mir etwas zu.

*

Ich besaß eine winzig kleine Mundharmonika, die hatte ich ständig dabei. Ich erinnere mich an lange nächtliche Nachhausewege, betrunken, und Blues spielend – ich beherrschte die zirka 5 Zentimeter recht gut.

Corinna, Corinna, where have you been so long …

Die Stimmen der Sängerinnen und Sänger sterben vor den Sängerinnen und Sängern, das stelle ich mir hart vor.

Da fällt mir ein, Carlo und ich haben auch auf rohe Eier geschossen. Doch, das haben wir. Darüber später. Darüber habe ich doch schon …

Wir waren komische Onkel. Die Kindheit sollte nie vorbei sein. *Meine Oma fährt im Hühnerstall Motorrad …*

Ohne durchdachte Form kommt es zum großen Abwinken.

Ich lache in einen Kondom hinein und lege es Carlo aufs Grab.

Wir hingen durch, alles hing durch, es war ein einziges großes Hing.

Killing me softly …

Orpheus betörte mit seinem Gesang nicht nur Götter und Menschen, auch Tiere, Pflanzen und Steine. Felsen begannen zu weinen, er sang zum Steinerweichen. Sein Kopf sang weiter, obwohl er bereits vom restlichen Körper abgetrennt war. Was sang er? Ich steige bald in die Unterwelt und singe dort so lange, bis Carlo wieder lebendig wird. Nein, er soll bleiben, wo er ist.

Caro amico ti scrivo …

Ich schoss einen Pfeil neben der Zielscheibe in die Mauer. Er prallte ab und flog in die Krone eines Baumes, wo er schließlich an einem Ast hängen blieb und mit der Spitze nach unten über dem Boden baumelte. – Was ist dagegen schon ein Schuss ins Schwarze!

Black cloud it keeps on following me …

Ich hatte einen amerikanischen Freund, der das schwarze Schaf in seiner Familie war, später aber ein hohes Tier in der US-Army wurde. Wir sangen gern zusammen Lieder. Bill hatte eine hohe Stimme, sanft und berührend, denke ich an die Lieder *Amie* und *Dust in the Wind*, wird mir ganz weh ums Herz. Wir hatten eine gute Zeit miteinander, er erzählte mir von verunglückten Liebesabenteuern (einmal musste er sich übergeben während eines Geschlechtsaktes, was ihm unglaublich peinlich war), wir pinkelten nebeneinander in zwei Blumentöpfe, die vor einem Modegeschäft auf dem Gehsteig standen, wir gingen einmal sogar mit unseren Gitarren in ein Lokal und gaben dort ein kurzes Konzert. Die Begeisterung des Publikums hielt sich in Grenzen, aber wir feierten den mutigen Auftritt als großen Erfolg. Ich sang damals gern das Lied *Faltenrock* von Michael Krüger: *Ich kannte ein Mädchen, die war lieb und nett …*

Denke ich an die Zeile *Ich geh am Stock* aus dem Lied, muss ich sofort an Paul Nizon und seinen Krückstock denken. Nizon gehörte zu den Schriftstellern, die uns, also vor allem Carlo und mich, nicht nur durch das, was sie schrieben, beeinflussten, sondern vor allem dadurch, wie sie schrieben. Sie haben uns stimuliert und darin bestärkt, wie wir leben wollten.

Besonders in dem Buch *Canto* von Paul Nizon standen Sätze, die mir viel bedeuteten:

»›Was haben Sie zu sagen?‹, lautete die Frage. Nichts, meines Wissens. Keine Meinung, kein Programm, kein Engagement, keine Geschichte, keine Fabel, keinen Faden. Nur diese Schreibpassion in den Fingern. Schreiben, Worte formen, reihen, zeilen, diese Art von Schreibfanatismus ist mein Krückstock, ohne den ich glatt vertaumeln würde.«

Die Sätze waren Musik in meinen Ohren, ebenso wie:

»Weder Lebens- noch Schreibthema, bloß matière, die ich schreibend befestigen muss, damit etwas stehe, auf dem ich stehen kann. [...] Ohne Fabel. Ohne Geschichtenstil. Ohne Personenerfund. Ohne Hans. Trat auf die Straße. Zwölf Uhr und ein Lüftchen geht. Ohne das. Ich bin nicht Hans. Und Hans ist nicht das Ding und kein Ersatz dafür. Kein Hans also.«

Ich war jung und konnte mir noch viel merken, mein Gedächtnis war ein Spitzenreiter. Und wenn ich in Fahrt war, spielte es Granada. Irgendwann würde auch ich ...

»Kein Hans«, sagten wir oft. Kein Hans, aber auch kein Franz, sondern ein Bohumil.

Ein weiterer Autor, der uns nahe ging und dem wir viel verdankten, war Bohumil Hrabal. In seinem Buch *Ich dachte an die goldenen Zeiten* schreibt er aus der Perspektive seiner Frau, die über ihn sagt:

»Mein Mann und sein Schreiben, was war das für ein heilloses Chaos und welch eine Unordnung, er legte weder Wert auf Stil, noch beachtete er ihn. Ich verstand nicht viel von Grammatik, wusste aber, dass mein Mann im Grunde genommen nie fähig war, richtig Tschechisch zu schreiben, was er schrieb, wirkte auf mich wie die Übersetzung aus einer Fremdsprache, nichts als Anmerkungen, die allerdings noch bearbeitet werden mussten, einfach flüchtig hingeworfene Begebenheiten, die einer geduldigen Überarbeitung harrten … Und genau das war meinem Mann wichtig, er war begeistert, wenn er seinen Text halb fertig, verstümmelt beiseite legen konnte, wenn der Putz von ihm blätterte und die kahle Mauer, die bröckelnden Ziegelsteine zum Vorschein traten …«

Wir saßen in einem Gastgarten bei einem Bier.

»Nichts erfrischt so sehr wie ein kaltes Bier«, sagte ich und leerte mir das Bier über den Kopf. Wir bliesen in den Bierschaum und rezitierten Sätze aus Boris Vians Buch *Der Schaum der Tage.*

In meinem Herzen wuchs eine Feuerlilie.
Wir waren jung, Geheimnis war überall.
Vivat, ihr Könige mit den Bierschaumkronen!
Nach dem Rausch kam die Ernüchterung. Das alte Lied.
Immer wieder, immer wieder …

*

Einmal wollte eine Freundin von mir wissen, was am Fußball so faszinierend sei. Ich klärte sie auf: Nirgendwo sonst umarmen sich Männer so viel, es gewinnt nicht immer die bessere Mannschaft, die Ungerechtigkeit der Welt wird evident (durch falsche Schiedsrichterentscheidungen), immer wieder einmal gewinnt die schlechtere Mannschaft (was einen amerikanischen Politiker dazu veranlasste, ein Verbot des Fußballs in den USA erwirken zu wollen, weil schlechtes Vorbild für die Jugend, wenn nicht der Bessere gewinnt) und nicht zuletzt sind die Schlachtgesänge musikalische und textliche Highlights der abendländischen Kunst.

So ein Tag so wunderschön wie heute …

Einmal saßen wir auf einem großen Platz in einem Gastgarten, vor einer riesigen barocken Kirche. Wir waren eine größere Runde, die üblichen Verdächtigen, Cowboy-Joe war schon ziemlich hinüber. Wir saßen um einen Tisch am Rande des Platzes, da begann auf der anderen Seite eine dicke Madame zu singen. Sie hatte sich von ihrem Stuhl erhoben und sang eine Opernarie, dazu fuchtelte sie mit ihren Händen in der Luft herum, die Gäste lauschten andächtig, die Arie eroberte den sommerlichen Abend, die Kirche war die passende Kulisse für den schwülstigen Gesang. Die Stimme war zweifellos an irgendeiner Musikakademie ausgebildetet worden, manche hätten sie wohl als göttlich bezeichnet.

Als die Operndiva ihren Gesang beendet hatte, in diese Pause zwischen dem letzten Ton und dem Applaus, die meisten hatten schon die Hände gehoben, in diese Pause hinein, rief Cowboy-Joe für alle gut hörbar: »DU ALTE SAU!«

Country meets Opera.

Für gewisse Handlungen schäme ich mich heute ein wenig, hänge sie nicht an die große Glocke, ich wollte alles kennenlernen, nichts Menschliches sollte mir fremd sein, aber das geht niemanden etwas an. Meine schmutzigen Taten sollten von der schmutzigen Wahrheit zeugen. Ich wollte schreiend auf der Wiese vor meinem Elternhaus herumlaufen, nackt und besudelt, ich wollte mich Hals über Kopf in den Dreck stürzen, besser im Dreck ersticken als bei noch einem Familientreffen … Ich weiß genau, was es war, das mich antrieb, was mich da- und dorthin spülte. Vielleicht öffne ich irgendwann mein Herz, aber dafür ist es wahrscheinlich zu spät, immer habe ich den richtigen Zeitpunkt verpasst, kniete nieder vor dem großen Gully, wollte nie ein Mann ohne Schmutz und Tadel sein. In Carlos Wohnung war in der Küche auf dem Kühlschrank ein Magnetschild angebracht, darauf stand: »A clean house is a sign of a wasted life.«

Die bürgerlichen Lebensziele waren uns zuwider. Erfolg war verachtenswert, in einer Welt, die im Argen lag. Familienglück: »Die Trägen, die zuhause liegen …« – Wir spuckten darauf. Leistung muss sich lohnen. – Pfui! Anstand, Verantwortung, Pflichtgefühl … – Nein, danke! Besser unappetitlich als gutbürgerlich, lautete unsere Devise. Ungeschöntes, ungezügeltes Leben. Ich wollte den Angepassten ständig ins Gesicht schreien, dass sie sterben müssen, sie, ihre Eltern, ihre geliebten Kinder, alle würden an schmerzhaften Krankheiten zu Grunde gehen, weltweit. Lachen wollte ich, nur lachen. Über alle, über alles.

Worthing, Paris, Siena, Grundlsee – ich war schon überall. Von wegen, nichts von der Welt gesehen. Wer am Schwedenplatz im Zentrum von Wien ein Eis geschleckt hat, den kann so schnell nichts beeindrucken. Um die Ecke ein Espresso mit einer Musikbox, die es in sich hatte, ich sage nur: *Hörst du die Regenwürmer im Erdreich husten: Hust! Hust! … Ein Stern, der deinen Namen trägt … It's a Video Life … Smoke on the Water …*

Vor hundert Jahren im Sommer am Ufer eines Sees hatten Carlo und ich einmal ein Luftdruckgewehr dabei, ebenso zwei Dutzend Eier. Wir veranstalteten ein Zielschießen auf die Eier.

Lisa tauchte auch auf, es gibt ein Foto von mir, da stehe ich mit Gewehr in der einen und Bierflasche in der anderen Hand neben ihr, sie sitzt im Gras, ich trage eine viel zu weite Badehose (von Carlo ausgeliehen) und da hängt deutlich was heraus …

*

In jener längst vergangenen Zeit, als wir Bierschaumkronen trugen, wurde hemmungslos und ohne schlechtes Gewissen ständig Fleisch gegessen. Da eine Wurst, dort ein Schnitzel, da ein Speck, dort ein Schweinsbraten, Bosna, Debreziner, Leberkäse, Eiterbeule …

Die Wahrheit über den Mann, der mir in einer volltrunkenen Nacht im Podium die Ohren volllaberte über Frauen im allgemeinen und die unglückliche Liebe zu einer besonderen, und über den ich sagte, er habe Selbstmord begangen, er habe sich vom Stadtberg gestürzt. Hat er nicht.

Das Schwein lebt länger als die Fliege.

Der unglückliche Mann, XY unerlöst, ging Carlo und mir schon seit längerer Zeit auf die Nerven mit seinem Unglück und der ewigen Suderei.

Wir waren zu dritt auf dem Stadtberg unterwegs und kehrten in der sogenannten Butzi-Hütte ein, wo es hervorragende »Eiterbeulen« gab: Paniertes Fleisch mit geschmolzenem Käse darin.

Auf dem Rückweg, XY jammerte uns wie erwartet weiter an, war es soweit.

Carlo und ich mussten uns nicht absprechen, es passierte einfach …

XY war allein auf der Welt, seine Eltern waren tot, Geschwister gab es keine, Freunde auch nicht, das wussten wir, also Carlo wusste es, er kannte XY besser. Niemand würde um ihn trauern. Er würde nicht lange leiden.

XY unerlöst hieß Tiefenböck, kaum zu glauben, was für eine Ironie, nomen est omen.

Er jammerte, er klagte, wir wollten ihn erlösen, hätte man sagen können, aber es hätte nicht gestimmt, er war uns egal, und seine Erlösung war uns kein Anliegen. Natürlich wollten wir etwas anderes.

Wir taten es gemeisam, wir waren Blutsbrüder, Zechkumpane und viel mehr. Wir überredeten Tiefenböck dazu, über die Absperrung, einen einfachen Holzzaun, zu steigen. Rausch macht mutig. Zuerst überstieg Carlo den Zaun, ich folgte, dann XY.

Er stand zwischen uns.

Und plötzlich.

Es war so einfach.

Wir mussten uns nicht absprechen.

Ein Blick genügte.

Der Schrei.

Klarer Fall.

Ich zitterte.

Plötzlich erfasste mich Angst.

Ich taumelte.

»Gefallen«, stammelte ich.

Dann lachte ich los.

Wir haben nie darüber gesprochen.

Einmal, ein einziges Mal, habe ich mit einer Frau über Tiefenböck gesprochen, wir sind im Bett gelegen. Ich weiß nicht mehr, ob es vor dem Liebesakt war oder danach. Ich führte aus, warum ich mich unschuldig fühlte. Warum es keinen Grund gab, etwas zu bereuen. Wir taten Tiefenböck einen Gefallen. Niemand litt, weil er nicht mehr da war. Im Gegenteil, wir bewahrten andere davor, unter ihm zu leiden. Wir verkürzten sein Elend. Schluss mit dem Gejammer.

Für jedes Schnitzel, das du isst, wirst du dereinst Rechenschaft ablegen müssen.

Höhenflüge.

In der weißen Duschtasse fehlte an einer Stelle der Lack. Das Schwarz, das durchkam, sah aus wie ein Vogel. Der Vogel rührte mich, armer Vogel, der auf dem Boden fixiert war. Ich sah zur Decke hinauf, und dort in der Ecke befand sich eine Spinne in ihrem Netz. Unten der Vogel, oben die Spinne, dazwischen ich, nackt und nass.

I want to fly away ...

Ein Mann stürzt vom Stadtberg.

Der Fall hat sich.

*

Ich sprach die Briefe von Vincent van Gogh an seinen Bruder Theo auf eine Kassette, hörte sie mir zum Einschlafen an. »Ich bin ein Haus, in mir brennt ein Feuer, aber man sieht nur den Rauch aus dem Schornstein«, oder so ähnlich schrieb van Gogh.

Ich nahm den Ton des Filmes *Rosemaries Baby* von Roman Polanski auf und hörte mir die Kassette zum Einschlafen an.

Als ich einmal zu Lisa sagte, dass sie nicht singen könne, erzählte sie mir zu meinem Erstaunen, dass sie in ihrer Kindheit Mitglied eines Kinderchors gewesen sei. Eine ihrer Schwestern sang bereits in dem Chor, Lisa wollte auch dabei sein, ebenso wie Moni, eine ihrer Freundinnen. Also gingen die beiden Volksschülerinnen gemeinsam zu einer Chorprobe und fragten mutig, ob sie auch mitsingen dürften. Der Chorleiter, ein Lehrer, eine Respektsperson, eine Autorität, sagte zu den zwei Mädchen, er wolle zuerst prüfen, ob sie überhaupt geeignet seien, Mitglieder eines Chors zu werden. Und dann mussten sie nacheinander vor der versammelten Kinderschar und den strengen Blicken und gespitzten Ohren des Chorleiters ein Lied vorsingen. Lisa bestand die Aufnahmsprüfung, Moni nicht. Letztere wurde coram publico mitgeteilt, sie sei unfähig, man könne sie im Chor nicht brauchen. – Der Chorleiter, wie gesagt, ein Lehrer, eine Respektsperson, eine Autorität, ein Arschloch.

Die unsägliche Sängerin Florence Foster Jenkins brachte keinen richtigen Ton über die Lippen, aber ihre Freude an der eigenen Stimme und ihre Begeisterung für die Musik übertrugen sich auf das Publikum, ihr falscher, haarsträubender Gesang löste Glück, Euphorie und Jubelstürme aus. Sie hätte gut ins Café Donauwelle gepasst …

Das legendäre Café Donauwelle befand sich neben dem Theater an der Wien, hieß ursprünglich auch Café Theater an der Wien, und immer am Mittwoch, wenn ich mich recht erinnere, fanden dort musikalische Darbietungen statt. Das Repertoire bestand hauptsächlich aus Operetten- und Opern-Arien, Wiener Liedern und Schlagern.

Die Wirtin, Frau Maria, war immer der Schlusspunkt und zugleich Höhepunkt des Abends. Zuvor bediente sie die Gäste, aber wenn sie ihre langen weißen Handschuhe anzog, wusste man, dass es bald soweit war.

Im Vorprogramm war unter anderem eine gewisse Frau Trixi – von imposanter Körperfülle, behangen mit allen möglichen Klunkern, um die Handgelenke Armringe und violett gefärbte Haare. Sie sang schlecht und war extrem eifersüchtig auf die anderen Auftretenden, vor allem auf die weiblichen, weswegen sie bei deren Auftritten gern laut dazwischenredete und störte, und damit deutlich machte, was sie von der Kunst ihrer Konkurrentinnen hielt, die alle die Töne besser trafen als sie …

Ein Heldentenor, an die 80 Jahre alt – steif stand er im Raum, geballte Fäuste, grimmiger Gesichtsausdruck, zum Äußersten entschlossen, so schmetterte er seine Lieder, als kämpfe er innerlich gegen teuflische Dämonen.

Begleitet wurden alle Sängerinnen und Sänger von einer sehr alten Frau, die in einem Nebenraum saß und mit ihren Gichtfingern auf dem Klavier klimperte, es kam immer wieder zu Unstimmigkeiten zwischen den Sängerinnen und Sängern und ihr. Oft entfernten sich Klavier und Stimme voneinander, schlugen unterschiedliche Wege ein, was Melodie und Harmonie anbelangte, vom unterschiedlichen Rhythmus ganz zu schweigen. In den Gesangspausen erhob sich die mumienhafte Frau manchmal von ihrem Platz am Klavier und schlurfte auf die Bühne, also in den Gastraum, wo sie einen Witz erzählte. Die Witze waren unglaublich lang, umständlich erzählt, witzlos, also die Pointen waren objektiv gesehen zum Gähnen, Kopfschütteln, gequält Seufzen. Es wurde natürlich trotzdem gelacht.

Die Veranstaltung war immer sehr gut besucht, ich schleppte alle möglichen Leute hin – Lisa bekam es mit der Angst zu tun, sie fürchtete sich vor dem Heldentenor mit der finsteren, dämonischen Ausstrahlung, und sie fürchtete sich vor dem jüngsten Künstler in der Runde, einem gewissen Herrn René, dessen Darbietung darin bestand, eine Kassette abzuspielen und dazu die Lippen zu bewegen oder auch manchmal leise mitzusingen, einer seiner »Hits« war *Santa Lucia.*

René Thaler hieß der ganze Künstler, der sich nicht nur als Sänger, sondern auch als Tänzer sah. Manchmal trug er einen Strohhut, ein irres Lächeln im Gesicht …

Maria selbst, der Höhepunkt des Abends, sang so, dass man glaubte, es würden gleich die Gläser zerspringen, ihre hohen Töne gingen durch Mark und Bein, ihre hektischen theatralischen Bewegungen passten dazu wie die Faust aufs Ohr …

Frau Maria sah ich auch einmal im Fernsehen, in der Folge der *Alltagsgeschichten* von Elizabeth T. Spira über eine alte Wiener Markthalle. Sie gab für die Kamera zwischen Gemüseständen herumhüpfend eine Arie zum Besten. Man hatte Angst, das Gemüse würde platzen.

In derselben Sendung kam übrigens auch eine andere alte Frau vor, die wie Maria auf dem Markt einkaufte. Im Laufe des Gesprächs erzählte sie, dass sie einen Hund zu Hause habe. Sie wurde gefragt, was für ein Hund das sei.

Die Frau antwortete: »Ein Dorsch.«

Was für eine Rasse?

»Ein Dorsch.«

Wie er denn aussehe?

»In der Mitte am Kopf hat er a Mascherl.«

Zurück zum Café Donauwelle. Es gab dort auch einmal eine Nachmittagsveranstaltung, bei der die Kunsttheorie im Mittelpunkt stand. Unverzeihlich, dass ich Frau Marias Ausführungen über die hohe Kunst des Gesanges nicht mitgeschrieben habe. Sie verstieg sich bei ihrem musiktheoretischen Vortrag in unglaubliche Höhen, die göttliche Kunst des himmlischen Gesanges wurde vor dem staunenden Publikum grotesk philosophisch und wunderlich poetisch ausgewalzt wie ein heiliger Teig, aus dem Kekse wie Sterne ausgestochen wurden, die auf der Zunge der Ohren zergingen wie Lichtjahre im schillernden leuchtenden phosphoreszierenden Glanz der Gesangeskunst fortgetragen von himmlischen Donauwellen im Äther kosmischer Wunderwelten jenseits aller platten Logik und allen begrenzten Menschenverstandes – mit einem Wort, es war ein exzeptioneller Genuss der besonderen Art.

Nach Marias außerordentlichem Vortrag waren die Lesungen von zwei Mitgliedern irgendeines poetischen Vereins dran, dessen Namen ich vergessen habe. Weiß der Teufel, wie Frau Maria zu diesen zwei Poeten gekommen war, ich erkläre es mir mit ihrem großen Herzen für gescheiterte Künstler, denen der durchschlagende Erfolg immer verwehrt geblieben ist.

Der erste der beiden Dichter war ein Münchner, der in einem schlechten Deutsch irgendeine fade Würstelstand-Geschichte vortrug. Nach ihm, ein größerer Kontrast zum hochgestochenen, pathetischen musiktheoretischen Vortrag der Frau Maria war kaum denkbar, las ein gewisser Frechberger – *den* Namen habe ich mir gemerkt – eine unsägliche, grausige, widerliche Geschichte vor, bei der einem fast schlecht wurde, auch weil der offensichtlich stark betrunkene

Dichter selbst einen äußerst unappetitlichen Anblick bot. Ich fasse die Geschichte kurz zusammen: Nächtlicher Park, ein kranker, kaputter, stinkender Alkoholiker mit kaputten Zähnen holt einem anderen besoffenen Stinker den stinkenden, warzenübersäten Schwanz aus der versifften Hose und bläst ihm einen für Geld.

Wie gern würde ich Frau Marias einleitende Rede noch einmal hören, diesen beseelten Vortrag, der leider für immer … Hier etwas aus dem Internet, Frau Maria wieder in den *Alltagsgeschichten,* diesmal ging es um Wiener Caféhäuser, wo sie in ihrem Lokal zu sehen ist. »Achtung, meine sehr geehrten Herrschaften!«, ruft sie aus und beginnt ein Lied zu singen mit inbrünstiger Hingabe.

Und jetzt, was sie zur Sperrstunde ihres Lokals nach einem der Liederabende in die Kamera spricht (das ist zum Glück erhalten):

»Das Geschäft ist jetzt zu Ende gegangen, ich bin allein, was bleibt mir anderes übrig, jetzt musst du wieder Ordnung machen … Das eine Üble am Abend ist, dass die Stunden zu schnell vergehen, viel zu schnell. Ja gut, ich brauch' nur den Kopf heben und brauch' hinauf in den Äther schauen und da seh' ich dann das Gewaltige … das ist das Allmächtige … und wenn ich da ein weiteres Hauptwort sage, ist das die Allmacht, das ist die allmächtige Kraft, die uns umgibt … Ja, man kann in so einer Situation schön langsam ein Philosoph werden.«

Vielleicht hätte ich Musiker werden sollen.

Schweig still!

Ein Komponist erzählte mir einmal, er habe in einem Workshop mit Kindern das Thema Stille bearbeitet, das sei ein unglaublich eindrucksvolles Erlebnis gewesen. Er habe den Kindern gesagt, wenn er den Triangel schlägt, sollten sie alle so laut schreien, wie sie nur konnten, und wenn er den Triangel wieder schlägt, sollten sie abrupt still sein. Beim neuerlichen Schlagen des Triangels sollten sie wieder schreien, dann wieder schweigen, abwechselnd schreien und schweigen, schreien und schweigen. Das gefiel den Kindern gut, das klappte hervorragend.

*

Ich fühlte mich wie ein Topf Wasser, der nicht heiß wurde, weil er auf der falschen Herdplatte stand. Die Herdplatte neben ihm glühte bereits, aber er war immer noch kalt, der arme Tropf. – Gute Vergleiche haben schon was, sie können Klarheit ins Verworrene bringen. Wie sich Nudeln in der Suppe oft verloren fühlen, so geht es auch den Sängern ohne Lieder.

A goddess on a mountain top was burning like a silver flame …

Carlo, der Feuerkopf, wie ich ihn gern nannte, glich in seinen letzten Jahren einem Sektenführer: scharfer Blick, dichter Vollbart, imposante Körperfülle …

Irgendwann hatte er wirklich die Idee, eine Sekte zu gründen, eine Zeitlang sprach er immer wieder davon, spätestens nach dem dritten Bier wollte er diese Sekte gründen. Er wollte Jünger und vor allem Jüngerinnen um sich scharen, die Welt in Aufruhr versetzen, den tiefen Sinn hinter all dem Unsinn finden …

Er wäre ein idealer Sektenführer gewesen, er hatte zum Schluss wirklich etwas von einem charismatischen Guru, er war eloquent wie ein Seelenfänger, hatte auch ein geradezu lexikalisches, wiewohl tendenziell schiefes Wissen …

Er konnte auch noch klar sprechen, wenn man dachte, er schlafe bereits. Er lag auf dem Sofa, den Kopf auf eine Hand gestützt, die Augen geschlossen, aber sein Mund redete und redete, die Ohren waren hellwach, gespitzt, reagierten auf alles. Nie habe ich jemand anderen erlebt, der gleichzeitig schlafen und reden konnte, und zwar *richtig* reden, mit schlafwandlerischer Sicherheit.

Einer seiner Trinksprüche lautete: »Immer rein in den blöden Schädel!«

Ich fand eine Ansichtskarte aus der Edition Staeck, die mir Carlo einmal geschrieben hatte:

»Lieber Schnuffi, gräme dich nicht, wenn's einmal nicht so flutscht. Da wärst du ja eine Wunderkerze, wenn du immer brennen und leuchten würdest. Koch mal auf Sparflamme, dann wird alles gut.«

*

Erwin und ich hatten gewettet, dass wir es beide schaffen würden, bis zu einem gewissen Zeitpunkt einen literarischen Text von jeweils 100 Seiten zu schreiben (wahrscheinlich deshalb, weil wir immer nur davon geredet haben, vom Schreiben, es aber so gut wie nichts Geschriebenes von uns gab) – falls es einer von uns nicht schaffen sollte, bis zu diesem Zeitpunkt 100 Seiten vorzulegen, wäre er verpflichtet, dem anderen 1000 Schilling zu bezahlen. Strafe muss sein.

Ich schrieb 100 Seiten, Erwin 0, in Worten: Null. Das war auch die Summe, die er mir zahlte. Was für eine Enttäuschung! Ich weiß nicht mehr, wie er sich herausredete, wahrscheinlich mit viel Blabla, hintergründig schmunzelnd, dabei einen Finger bedeutungsvoll in die Luft streckend.

Wie er immer mit ausgestrecktem Zeigefinger die Hand in die Höhe riss und »Ja!« ausrief, dazu sein *erwineskes* Schmunzeln.

Das würde ihn jetzt bestimmt freuen, wenn er das hören könnte: *erwinesk* – er und Kafka, zwei ganz Große …

Dabei hatte ich mich so ins Zeug gelegt!

am anfang war das wort und das wort ist fleisch geworden und das wort ist wurst geworden was ich in letzter zeit erlebt habe lässt sich an einem finger abzählen ich habe mich deshalb entschlossen eine reise zu machen in meinem rucksack habe ich eine schwarze katze mit einem weißen fleck am hals raketen wie sie zu silvester in den himmel geschossen werden ein bild von carmen der ich gern in südfrankreich einen turm bauen würde …

Es war mein erster literarischer Text, und es war mein letzter.

Erwin hat ihn nicht einmal gelesen.

Die Lücke

Das eine Üble am Abend ist, dass die Stunden zu schnell vergehen, viel zu schnell. Ja gut, ich brauch' nur den Kopf heben und brauch' hinauf in den Äther schauen und da seh' ich dann das Gewaltige …
Frau Maria

DER NABEL

Lass uns die Zeit umkehren, das Rad abbremsen, anhalten und zurückdrehen, zurück zu Deinen strahlenden Augen und deinem dunklen Haar, und wenn wir stark genug sind, stärker als der alles zermalmende Zahn der Zeit: zurück nach Lecce, zu einem Dienstagmorgen im Oktober 1945.
Ernest van der Kwast

Aber man kann die Zeit nicht zurückdrehen. Natürlich bedauere ich es, dass ich in Italien gerülpst und in Glasgow die Flöte gespielt habe. Manchmal glaube ich, dass es ein Fehler gewesen ist, nicht immer zuerst an mich gedacht zu haben.
Paul Gascoigne

Ich fahre mit dem Auto von Wien nach Vorarlberg, ich bin mir sicher, das Richtige zu tun, ich habe gar keine andere Wahl, jetzt oder nie, ein Bauchnabel zieht mich magnetisch an, ich lache so sehr, dass das Auto wackelt trotz 150 km/h …

Es ist 2014.

Jetzt wird alles anders. Es *ist* bereits alles anders.

Nie hätte ich gedacht, dass sich mein Leben noch einmal ändert, dass ich es schaffen würde, auszubrechen. Wie oft habe ich gesagt, alles bestens, es geht mir gut, nur in den Nächten, wenn ich schlaflos im Bett lag und nicht nur die Spitze des Eisbergs aus dem Wasser ragte.

Ich muss zurück, weit zurück, um noch einmal zu beginnen. Ich bin besessen von einem Bauchnabel, den ich nie gesehen habe, einem Bauchnabel, der mir helfen wird, noch einmal anzufangen und vieles anders zu machen.

Die Zeit besiegen, den Tod besiegen. Es ist noch nicht vorbei. Alles ist noch möglich. Ich gebe nicht auf. Ich fange erst an.

Ich packe die Zeit am Schwanz und schleudere sie in die Büsche.

Ich schwinge mich auf und fahre ab auf das Jetzt.

Hell die Gläser klingen …

Ich fahre zurück in die Vergangenheit. Alles geht. Nie wieder leere Kilometer!

Wer sagt, dass wir alle sterben müssen, sagt nicht viel. Im Sommer ist es warm, im Winter ist es kalt. Ich will nichts mehr davon wissen. Alle sagen, dass wir alle sterben müssen. Ich sage dazu, das schaue ich mir an.

The best is yet to come, the truth is yet to come …

Ich lache. Ich lache sehr. Ich lache so sehr, dass das Auto wackelt, auf der Autobahn bei 160 km/h. Ich will so schnell wie möglich zurück. Es gibt ein Zurück, davon bin ich fest überzeugt. Dass alle sterben müssen ist nicht gesagt. Ich glaube daran, dass ich nicht sterben werde. Ich lache dem Tod ins Gesicht. Ich fange neu an.

It's good to be on the way back home again …

Ich spucke in die Suppe der Gewissheiten, schaue über den Tellerrand, und was sehe ich? Ich sehe Carmen.

I can see clearly now the rain is gone …

Wer weiß noch den Tag, an dem er oder sie sich das erste Mal verliebt hat. Ich weiß es – Google sei Dank.

Ich habe eingegeben: »Stadthallenbrand Feldkirch« und schon konnte ich in einer Meldung von 2013 lesen: »Am Freitag, 6. Juli 1973, also vor 40 Jahren brannte in den Abendstunden die Stadthalle bei einem Konzert der Feldkircher Liedertafel bis auf die Grundmauern nieder. Ausgebrochen war der Brand im einstigen Tonhallenkino.«

*

Ich drehe die Zeit zurück, fahre mit dem Auto von Wien nach Vorarlberg, quer durch ganz Österreich, das ich durchpflüge wie ein Bauer, der endlich weiß, was er anbauen will.

It's funny I never thought I'd be the one who would change …

Viele blicken auf ihr Leben zurück und sagen: Wenn ich noch einmal anfangen müsste, würde ich alles genau so machen, wie ich es gemacht habe. Du liebe Zeit, wie viele das schon gesagt haben und noch sagen werden: Ich würde alles wieder genau so machen, wie ich es gemacht habe. Das habe ich nie verstanden, das ist doch erbärmlich. Nein, in meinem Fall ist es anders. Ich mache alles anders. Ich kehre zurück zu meinen Anfängen, das heißt zum Jahr 1973, ich fange noch einmal an und werde bestimmt nicht alles gleich machen wie beim ersten Mal. Ich werde immer besser, das erste Mal ist zu vergessen.

Ich sehe ein Fußballstadion, weit entfernt in der Pampa. Sofort brülle ich laut dreimal hintereinander: »Zickzacke! Zickezacke! Hoi! Hoi! Hoi!«

Das schönste Fußballspiel, das ich jemals gesehen habe, lange her, fand statt in einem kleinen Nest in Italien.

Es regnet stark, der Wind bläst heftig, der Platz steht unter Wasser. Immer wieder taucht ein Spieler sein Gesicht in eine der Wasserlachen, zum Beispiel aus Verzweiflung über ein Gegentor. Löchriger, unebener Platz, nicht ungefährlich für Füße, Knöchel, Beine. Der Schiedsrichter streitet am Spielfeldrand mit einem Zuseher, der ihn beschimpft hat, die beiden liefern sich ein Schreiduell, der Schiedsrichter vergisst auf das Spiel hinter ihm, das weiterläuft im strömenden Regen, der Ball bleibt abrupt stehen auf einer Lache, die Spieler treten das Wasser, Schmutz und Wasser spritzen auf. Am gegenüberliegenden Spielfeldrand sehe ich die zwei Dorfdeppen, Zorro und John Wayne, das kleine Nest hatte tatsächlich zwei davon, sie sind sich wegen irgendetwas in die Haare geraten und wischen sich gegenseitig Mütze und Hut von den Köpfen. Es ist aber nicht ernst, es wird gelacht. Zorro ist ein kleiner, stämmiger Mann, trägt immer eine Phantasieuniform mit einer Schaffner- oder Polizistenmütze, ist ständig unterwegs, hilft überall aus und packt mit an, versprüht eine gewisse Autorität … John Wayne ist größer, gebeugte Haltung, eigentlich hat er einen Buckel, trägt einen gewaltigen Kugelbauch vor sich her, schreitet immer gemessenen Schrittes wie in Zeitlupe dahin, schweigsam wie ein Westernheld, auf dem Kopf ein Cowboyhut …

Und dann die Zuschauer … Weil es regnet und stark windet, sitzen sie in ihren Autos, die sie nahe an das Spielfeld herangefahren haben, damit sie das Spiel gut sehen können. Ein anderer Grund, warum sie im Auto sitzen, vielleicht der Hauptgrund: Im Autoradio verfolgen sie die Spiele in den großen Städten, die zur selben Zeit stattfinden: Rom, Mailand, Turin … Fällt ein Tor in einem dieser weit entfernten Stadien, bricht manchmal Jubel aus in den Autos, sie beben und wackeln, es wird gehupt und geschrien – was oft in großem Kontrast steht zu dem, was gerade auf dem Platz vor der Nase passiert. Dio mio, was für ein Spektakel!

Singende Fußballer in Tunesien.

Go straight to hell boys …

Verzupfen sollen sich alle Spielverderber in ihr säuerliches Grinsen hinein, ich lasse mir mein Spiel nicht verderben. Ich ziehe das durch.

Immer an das große Ganze denken, und nicht nach den Mädchen schauen.

Yes I can make it now …

In jedem Ort, der an mir vorbeizieht, steht eine Kirche oder zumindest ein Kirchlein. Das finde ich übertrieben.

Well, maybe there's a God above …

Als Kind besuchte ich einmal mit meinen Eltern zu Pfingsten oder Ostern eine heilige Messe in Florenz. Vor der

Kirche war ein Gerüst aufgebaut, ich erinnere mich, dass von diesem Aufbau in ungefähr vier oder fünf Metern Höhe ein Draht gespannt war, der durch das geöffnete Eingangstor der Kirche bis zu einem zweiten Gerüst in der Nähe des Altars führte. Irgendwann während der Messe, in der es verglichen mit österreichischen Messen recht laut und unruhig war, schoss plötzlich auf dem Draht der heilige Geist in Form einer Taube mit einem Feuerschweif durch die Kirche und krachte in das Gerüst vor dem Altar, wo die Funken dann noch ein bisschen weitersprühten, während lauter Applaus, Gelächter und Bravo-Rufe ertönten. Was für ein Spektakel!

Und gesungen wurde im Gotteshaus ganz anders als in unseren Breiten, nämlich aus voller Brust, erlöst von allem Beengenden. Für mich, der ich in der Kirche nur tödliche Stille, priesterliches Raunen und traurigen Singsang gewohnt war, eine Offenbarung.

Ich beschloss, ein italienischer Priester zu werden.

Auch daraus wurde nichts.

Lasciate mi cantare …

Sehr viel später, an einem anderen Ort in Italien, kam ich mit einem alten Mann ins Gespräch, der ein bisschen Deutsch konnte. Der Satz, den er ständig wiederholte, lautete: »Der Mensch versteht es nicht.« Der Satz brachte alles auf den Punkt, er passte immer. »Der Mensch versteht es nicht.« Wir redeten über Gott und die Welt, Kraut und Rüben. »Der Mensch versteht es nicht.« Wir saßen auf dem Platz vor der Kirche, und irgendwann meinte der Mann, die Menschen sollten nicht Gott, sondern die Kartoffel anbeten. Große Kartoffel, wir loben dich. Manche Sätze bleiben.

Bei einer seiner Wanderungen durch Italien war Huscherl einmal von Bauern mit Kartoffeln beworfen worden. Der Mensch versteht es nicht.

Je älter ich wurde, desto öfter dachte ich wieder an die kleine, lustige Gruppe.

Wir spielten mit dem Feuer, wir zündelten.

Come on, baby, light my fire …

Gelobt seist du, Carlo, in alle Ewigkeit!

Whoa, Black Betty (Bam-ba-lam) …

Ich spüre die Last der Zeit nicht mehr.

Alles retour.

Get back, get back …

Am grauen Himmel stand in roten Buchstaben geschrieben:

AUF GEHT'S!

Ich nehme wieder Fahrt auf.

*

Zufällig sind mir zwei Bücher in die Hände gefallen, die meinem Leben eine andere Richtung gaben, und jetzt sitze ich im Auto und lache, schreie, hupe, jetzt beginnt alles neu.

Plötzlich ist 2014, und ich lache, schreie, hupe.

Unaufhörlich rinnt der Sand, ich will nicht versanden. Nieder mit den Sandhasen, ein Hoch auf die Schlammpeitzger, die kalten Fische des Untergrunds!

Was ich alles weiß, hört, hört: Es gibt auch Steppenfrostspanner, das sind Schmetterlinge aus der Familie der Spanner.

Die Schlammpeitzger oder Schlammbeißer sind aber besonders interessant. Sie werden auch Furzgrundel oder Gewitterfurzer genannt. Sie schlucken Luft und stoßen sie bei Bedrohung durch den Hintern aus.

Weiter so!

Ich spüre eine tiefe Müdigkeit, die will ich wieder vertreiben.

Ich fahre der Nase nach, und die zeigt nach Westen. Ich gebe Gas, ich vollführe Überholmanöver. Ich würde auf die Gegenfahrbahn steuern, würde das gehen. Geht aber nicht. Auch nach links würde ich gern abbiegen. Geht auch nicht. Links, rechts, geradeaus … Geradeaus, ich habe ja ein Ziel. Nicht vergessen. Lastkraftwagen, Busse, ein toter Vogel. Ich würde die Kurven schneiden, geht aber nicht.

Is this the way to Amarillo …

Ich fahre zu dem Menschen, nach dem ich mich zum Zerreißen sehne, *nach dem ich mich zum Zerreißen sehne,* obwohl ich ihn so lange nicht gesehen habe! Das letzte Mal 1973.

Vergangenheit:

Lisa.

Constanze.

Franz.

Gegenwart:

Autobahn.

Zukunft:
Carmen!

Der Dinosaurier Literatur, diese Pferdekutsche und Steinschleuder, hatte schon immer einen großen Einfluss auf mich. Sie war meine Gegenwelt, sie machte Appetit, mir lief das Wasser im Mund zusammen, *mir lief das Wasser im Mund zusammen,* wenn ich in gewissen Büchern las, und nach den zwei Büchern, die ich schon erwähnt habe, fiel es mir wie Schuppen von den Augen, *fiel es mir wie Schuppen von den Augen,* ich bin wie aus einem Schlaf erwacht, ich wusste mit einem Mal, was ich zu tun hatte.

Carmen!

*

Einfamilienhäuser ziehen an mir vorbei, Jugenderinnerungen kommen hoch. Ich wollte nackt im Garten meines Elternhauses herumrennen und dabei so laut schreien, dass allen klar würde …

Sah ein Knab' ein Röslein steh'n …

Ich bin beflügelt.
I want to fly away …

In Zukunft will ich die Fährnisse des Lebens umfahren, es sollen mir keine Widerwärtigkeiten mehr widerfahren.
Wir fahren, fahren, fahren auf der Autobahn …

Die einen sagen, das Leben sei eine Straße, die anderen sagen, das Leben sei ein Fluss, wieder andere sagen, das Leben sei ein Trottel. Ich glaube, dass alle drei recht haben: Straße, Fluss, Trottel.

Live is Life …

Wie geht es einem Popstar, der einen Megahit landet, und dann ein Leben lang immer wieder dasselbe Lied singen muss, weil alle Welt ihn ständig hören will?

I drive a Rolls Royce 'cause it's good for my voice …

Die Zeit besingen, nein, besiegen. Nichts ist vorbei. Alles ist möglich.

Ich bin 54 und 18 Jahre alt, es ist Zeit, klaren Tisch zu machen. Ich bin allein.

Carlo sagt: »Bam-ba-lam.«

Ich weiß, was er mir sagen will.

Ich mache mich lächerlich?

Das wird sich zeigen.

Ich bin nicht glaubwürdig?

Das ist gut so.

Kopfüber stürze ich mich in den Brunnen, den ich entdeckt habe in meinen Gedankengängen.

Wie es spritzt, herrlich!

Alles ist sehr relevant.

Das hier ist ewig, ewig für heute …

Tiefenböck lebt.
Oder auch nicht.

Alle Vögel fliegen hoch.
Ein Vogel wollte Hochzeit halten …

Die Ehe verging wie im Flug.

Achten Sie auf den Spalt!

Der Mann, der im Auto sang.

Ich bin lebenstüchtig, ich kann einen Knopf annähen.

Ich setze mich ins Auto und fahre nach Kühlschrank.
Herrlich, ich höre mir Eis an.

Ich will wieder über Bananen fahren.

Mach Platz da, du Mazda!

Es ist wenig Verkehr, zeitweise fahre ich in der Mitte der Straße, *Middle of the Road,* und denke an »Die großen Zehn von Ö3«, die ich zu einer Zeit hörte, als ich noch große Ferien hatte.

Last night I heard my mama singing a song, ooh we, chirpy chirpy cheep cheep …

»Einem Lied folgen«, las ich in einem Buch von Urs Widmer, der Weg führte in die australische Pampa. Ich folge auch einem Lied, der Weg führt nach Tisis in die Sonnengasse.

I'm comin' home, I've done my time …

»Man sagt, ich sei dreißig Jahre alt; wenn ich aber drei Minuten in einer gelebt habe … bin ich nicht neunzig Jahre alt?«, fragte sich Charles Baudelaire.

Und ich frage mich: Man sagt, ich sei 54 Jahre alt; wenn ich aber eine Minute in drei gelebt habe … bin ich nicht 18 Jahre alt? – Aber das stimmt nicht, ich habe auch immer wieder drei Minuten in einer gelebt. Ich stelle sowieso eine ganz andere Zeitrechnung an, eine überschnappende.

Let's go back, let's go back …

Jetzt ist Gegenwart. Alles ist möglich.

I want to break through …

Alles wiederholt sich. Immer wieder.

I've done the same thing over and over again …

Schon wieder ein Fußballplatz! Österreich ist voller Fußballplätze.

Fußballer sind zweifellos die besseren Menschen, denn sie wissen sich zu benehmen und sprechen eine ausgewählte Sprache.

Das Lachen wird nie schwächer auf der Autobahn. Das Spielfeld wird ausgeweitet, die Seitenlinien werden nach außen verschoben bis in das schreiende Publikum hinein.

Der *Papierene* wurde Mathias Sindelar, ein Spieler des österreichischen Fußballwunderteams genannt, ich würde ihn gern einmal spielen sehen. Bitte, Zeitreise!

Gazza ist auch ein schöner Name, für Paul Gascoigne, den durchgeknallten Briten, der in die Mikros von Sportreportern rülpste oder lachend ganz Norwegen beleidigte.

Seine Mama erzählte folgende Geschichte über ihren Paul: »Einmal fuhr er an einem Garten vorbei und bemerkte einen

Mann mit Glatze, der sich gerade bückte, um in seinem Garten was umzugraben. Paul kaufte ein paar Eier, fuhr wieder zurück und ballerte damit auf die Glatze.«

Traurig, was aus dem Fußballer geworden ist. Er ist einer der wenigen Spieler, an die ich mich heute noch erinnern kann, also an Spielszenen, Dribblings, Tore. Jede seiner Ballberührungen war ein Vergnügen, brachte oft eine Überraschung, etwas völlig Unerwartetes …

Ich will wieder auf Eier schießen.

Zu viele Erinnerungen verderben den Geschwindigkeitsrausch. Ich wechsle die Fahrspur und überhole ein unsichtbares Auto.

Im Vorbeifahren strecke ich dem unsichtbaren Fahrer neben mir die Zunge heraus.

Einst, wenn ich mich recht erinnere, segelte ich als Vogerl durch die Gegenwart, betrunken wurde ich zum Adler, Albatros, zum Heiligen Geist …

Da capo!

Ein Kirchlein auf weitem Feld …

Einmal war ich in einer Kapelle, da lag aller möglicher Kitsch herum, zum Beispiel ein Herzerl aus Stein mit einem Engerl drauf, das nachdenklich das Kinn auf's Handerl stützte. Auf dem steinernen Herzerl stand: »Mit den Flügeln der Zeit fliegt die Traurigkeit davon.«

Das Glück ist ein Vogerl, nur einen Katzensprung entfernt.

Die Tierliebe treibt oft seltsame Blüten.

Es waren einmal zwei Katzen, die hießen Hitler und Stalin.

»Mami«, rief das Kind, »der Hitler hat in die Küche gemacht.«

Unvergesslich.

Der Storch bohrte seinen Schnabel in mein warmes Herz, statt einer Mütze trug ich eine schwarze Wolke.

Ich habe nie eine Schwester gehabt. Eine Schwester hätte mir vielleicht gut getan. Auch Carlo hatte keine Schwester. Eine Schwester hätte ihm vielleicht gut getan …

»Mami, was heißt Wheel?«

Hey little children don't disappear …

Carlo war allein, ich auch.

Und immer alles abgebroch.

Ich werde müde, Tagträume lösen sich vom Ufer, ich muss mich konzentrieren, es wäre schade, wenn ich so kurz vor dem Ende.

The best is yet to come, the truth is yet to come …

Ich hüpfe auf dem Fahrersitz, um der Müdigkeit entgegenzuwirken.

Ich greife nach dem unsichtbaren Oberschenkel auf dem Beifahrersitz.

Ich klopfe mit dem Fingerknöchel heftig an die Windschutzscheibe und schreie: »Herein!«

Die rundliche Vertiefung in der Mitte des Bauches.

Das Auto wackelt, als würde darin geschnackselt. Das mache ich mit meinem rechten Fuß auf dem Gaspedal. Keiner fährt so wie ich, ich werde das Rennen gewinnen.

Down by the river I shot my baby …

Das Auto ist das Fremde.
You ain't really made for bein' out in the street …

Reiß dich zusammen!
Schon gut.
Ich will mich wieder auf meine Aufgabe konzentrieren …
Aufgabe?
Nie!

Kaffeepause.

*

Der 6. Juli 1973.

Ich war mit einem Freund im Waldbad, verliebte mich dort in Carmen, ein Mädchen aus der Parallelklasse. Ich war 13 Jahre alt, wurde fast ohnmächtig, wenn sie mich versehentlich berührte. Ich war eifersüchtig, wenn sie meinen Freund ansah. Einmal stieß sie mich ins Wasser, das war der Höhepunkt des Tages. Ich sehe ihr Gesicht vor mir, ihre Augen, ihr Haar, sie trug einen Badeanzug, der Rücken war frei. Ich wollte für immer in ihrer Nähe sein, aber wie sollte das gehen, ich war heillos überfordert. Ich wollte etwas tun mit ihr, wusste aber nicht, was das sein sollte. Ich stammelte wirres Zeug, plapperte, wollte sie unterhalten, lachte sie über etwas, das ich gesagt hatte, war ich glücklich. Im Sonnenlicht glitzernde, leuchtende, blendende Wasserspiele, der Badetag sollte nie zu Ende gehen.

Im Schwimmbad ist ewiger Sommer, die Bienen sprechen eine deutliche Sprache.

Das bunte Badetuch auf der grünen Wiese garantiert unendliche Gegenwart.

Jeder Sonnentag ist zugleich ein alter Baum und eine warme Liebeserklärung.

Der blaue Himmel hat durchgehend geöffnet.

Ich glaube an Säbelzahntiger …

Mein Freund hatte einen Kassettenrecorder dabei, immer wieder hörten wir ein Lied, das mir noch Jahre, Jahrzehnte später, wenn es zufällig im Radio gespielt wurde, unter die Haut ging, mich zurückversetzte an jenen Nachmittag im Waldbad des Jahres 1973, an diesen unvergesslichen 6. Juli, der so lange verschüttet war. Gegen Abend schlug das Wetter um, statt Sonnenschein plötzlich dunkle Wolken, ein Gewitter kündigte sich an, wir trennten uns, fuhren auf unseren Fahrrädern nach Hause.

Carmen und ich hatten nichts ausgemacht, sie wohnte weit weg in Tisis (die paar Kilometer waren damals eine große Distanz), ich hatte keine Ahnung, ob sie für mich etwas Ähnliches empfand, wie ich für sie, ich war verzweifelt, wollte sie sehen, fühlte mich gleichzeitig nicht würdig, ihr unter die Augen zu treten. Ich wusste, wo sie wohnte, Sonnengasse Nummer 10, die Adresse habe ich nie vergessen, aber dort einfach aufzutauchen, schien mir unmöglich, dafür war ich zu feige. Ein langer Sommer ohne sie lag vor mir, eine Wüste, eine Katastrophe!

Ich fuhr mit meinen Eltern auf Urlaub, und ich sah Carmen den ganzen Sommer nicht.

Jeden Abend dachte ich im Bett, wenn ich 18 Jahre alt bin, fahre ich mit dem Auto, das ich dann bestimmt haben werde, in der Sonnengasse vor …

18 war für mich ein weit entferntes Alter, dann wäre ich ein reifer, selbstbewusster Erwachsener – ein Mann, der es geschafft hatte, dafür stand das Auto.

18 Jahre und Auto, dann würde ich vorfahren, dann würde alles Glück der Welt über mich, über uns hereinbrechen.

Es stand für mich fest, dass meine Gefühle für sie in fünf Jahren noch gleich intensiv sein würden.

1978 würde es so weit sein.

Und plötzlich ist 2014.

Mit 13 ahnte ich noch nicht, dass ich erst einige Jahrzehnte später ein Auto besitzen würde. Den Führerschein machte ich während der Bundesheerzeit, aber Auto – ich wollte gar keines, brauchte auch keines in Wien, wohin es mich nach einigen Jahren in Salzburg verschlagen hatte.

Als ich einmal meine Mutter besuchte, bot sie mir ihr altes Auto an, sie würde ein neues kaufen, das letzte in ihrem Leben. Ich zögerte, eigentlich wollte ich immer noch kein Auto. Vor der Rückreise nach Wien suchte ich in ihrem Bücherregal ein Buch für die Zugfahrt. Ich entschied mich für *Die Musik des Zufalls* von Paul Auster. Wie es der Zufall wollte, hatte ich genau das richtige Buch erwischt: »Er konnte fahren, wohin er wollte, er konnte tun, wozu er Lust hatte …« – Ich entschied mich für das Auto. Ich stellte mir vor, wie ich sagen würde: »Du, ich bin eine Zeitlang weg. Ich fahre in den Süden oder Osten, ich weiß es nicht, jedenfalls fahre ich dann mal los …«

»Kommen Sie mit dem Auto zu mir?«, fragte mich ein paar Monate zuvor der Orthopäde, mit dem ich im Zusammenhang mit einer Meniskus-Operation zu tun hatte.

»Nein, ich habe kein Auto, nie eines gehabt.«
»Wieso denn?«
»Ich habe nie das Richtige gefunden.«
Sein Gesicht – unvergesslich!
Ich schlage mit beiden Händen aufs Lenkrad.

Es ist so einfach, sein Leben zu ändern.
Wenn ich das früher gewusst hätte!

Ich war in der Vergangenheit immer wieder mit Autos gefahren, mit dem von meinem Vater, meiner Mutter, auch mit Leihautos manchmal, zum Beispiel in Urlauben, aber endlich hatte ich ein eigenes, ich hatte es geschafft. Ich vergaß nur immer wieder, dass ich ein Auto hatte. Auch Constanze vergaß es. Jahrelang fuhren wir kaum damit, aber jetzt ist es soweit.
Carmen, ich komme!
Aber noch habe ich eine lange Strecke vor mir.

Ich machte mir einen Spaß und schockierte den ein oder anderen Autobesitzer, indem ich zum Beispiel sagte: »Der Vorteil eines eigenen Autos besteht für mich darin, dass ich jetzt hemmungslos Mauern und Leitplanken streifen kann, weil mir sind Kratzer und Dellen egal.«

Einmal waren wir zu Besuch bei Constanzes Bruder, der auf dem Land lebt, allen fiel auf, dass unser Auto dreckig war, ich wollte mit Papiertaschentüchern den ärgsten Schmutz entfernen, jedoch die Frau des Bruders brachte mir einen Kübel mit einer schäumenden, grünen Flüssigkeit und drückte mir einen Putzschwamm in die Hand.

Widerwillig legte ich los, reinigte den Lack mit dem Putzschwamm – für die besonders schmutzigen Stellen (eingetrocknete Vogelscheiße) verwendete ich die raue Seite des Putzschwamms. Ergebnis: Schmutz weg, Kratzer da, was ich aber erst zum Schluss bemerkte, als das Auto wieder frei von Schaum war. Unser Auto hatte jetzt eben auch Kratzspuren – zu den Mauerspuren, Leitplankenspuren und anderen Spuren, nur Blutspuren hoffte ich vermeiden zu können.

Dabei wollte ich das Auto nie waschen …

Aber im Land, wo König Saubermann regiert, gehen die Uhren anders. Als Insignien seiner Macht hält König Saubermann Besen und Kehrschaufel in den Händen, auf dem Kopf trägt er als Krone einen Plastikkübel, der ihm viel zu groß ist. Der Kopf verschwindet darin, was der Mund sagt, ist kaum zu verstehen, im Hintergrund sind Staubsauger und Rasenmäher zu hören, im aufgeräumten Wald lauern weiße Riesen …

Ich bin auf dem Weg nach Tisis, in die Sonnengasse 10, endlich! Nur ein paar Jahre zu spät, ein paar Jahrzehnte …

Es ist nie zu spät.

Baby, you can drive my car …

Als Constanze einmal darauf bestand, das Auto zu waschen, beziehungsweise waschen zu lassen, fuhr ich zur Tankstelle, wo es eine Autowaschanlage gab. Beim Warten auf einen freien Platz kam ich mit dem Besitzer eines flachen Sportwagens ins Gespräch. Er war stolz auf sein schnittiges Gefährt und erzählte mir, er besitze auch noch zwei weitere Autos. Schon während er mir die Automarken nannte, vergaß ich sie wieder.

Ich begann von meinem Auto zu erzählen, und als ich ihm die Geschichte mit dem Putzschwamm erzählte, griff er sich mit schmerzverzerrtem Gesicht ans Herz und sagte mehrmals hintereinander: »Das tut weh! Das tut weh! …«

Carlo meinte einmal, sein Auto wasche er, indem er einfach bei Regen durch die Gegend fahre.

Auf meiner rasanten Fahrt lache ich viel und laut, singe vor mich hin, manchmal schreie ich den Namen Carmen, dass mir die Tränen in die Augen gedrückt werden, ich schlage immer wieder mit beiden Händen auf das Lenkrad.

Carlo wusste nichts von ihr.

Ich bin mir sicher, dass er mit einem Grinsen im Gesicht starb, dass er gelacht hat zum Schluss. Er hat rechtzeitig die Kurve gekratzt, er hat sich nicht überlebt.

Das eine Üble ist, dass die Stunden vergehen …

Die Hoffnung auf den Himmel und das Wiedersehen habe ich nie ganz aufgegeben,

Nett.

Ich denke an die kleine, lustige Gruppe, an unsere Spiele mit dem Auto. Am Ziel unserer Fahrt lasen wir die Namensschilder an den Häusern. Vielleicht würde uns ja ein Name auf die Spur des Außergewöhnlichen bringen, der Name von Carmen war nie dabei, an den dachte ich damals gar nicht …

Der Flieger, der leider nicht in der Luft explodierte.

Die besorgten Großeltern, denen wir nicht geheuer waren und die ihre Kinder vor uns in Sicherheit … Erinnert mich jetzt an einen Besuch im Zoo, als ich vor einem Affenkäfig eine Oma sah, die aufgeregt zwei Kinder wegzerrte, weg von dem Affen. Keine Ahnung, was für ein Affe das war, sein Hintern war bunt, glaube ich. Jedenfalls hatte er gerade abgespritzt! Jetzt saß er befriedigt auf einem Baumstamm und schleckte sich die Finger, mit denen er den kostbaren Saft von Oberschenkel und Schwanz strich, genüsslich ab. Vielleicht hieß er Putzi …

Nach Lisa war ich lange allein.

Meine Lieblingstiere waren der Panther und der Albatros.

Mein Lieblingshund ist der Dorsch.
Mein Lieblingsfisch ist der Pudel.
Mein Lieblingsmensch ist der Carlo.

*

Constanze lernte ich in einem Lokal kennen, das den schönen Namen *Abgrund* hatte. Ich kann nichts dafür, es hieß wirklich so.

Constanze hatte sich ins Abgrund verirrt, mein trauriger Blick zog sie an (einer meiner Freunde während der Schulzeit führte meinen Erfolg beim anderen Geschlecht auf meinen »sadly Blick« zurück, wie er sich ausdrückte), ich erzählte ihr haarsträubende Geschichten aus meinem Leben. Ihr Name hätte mich warnen müssen. Von Anfang an sträubte sich etwas in mir gegen diesen Namen, dem eine gewisse Dominanz innewohnt, aber ich habe mich daran gewöhnt, er ist mir dann sogar lieb geworden, immer lieber …

Nach der Trennung von Lisa ging es mir kurz gut, dann aber schlecht, immer schlechter.

Ich lernte Constanze kennen, ich verliebte mich.

Constanze führte mich auf den rechten Weg zurück. Nett.

Sie nahm mich an der Hand, brachte mich dazu, mein Studium, das ich ja abgebrochen hatte, wieder aufzunehmen. Es gab ein Zurück auf die Universität, dieses Zurück war möglich, also ist jetzt auch ein anderes Zurück möglich.

Auf der Universität konnte ich dort fortsetzen, wo ich aufgehört hatte. Zweiter Anlauf, neuer Schwung, Lehramt, ich schaffte alles ohne große Mühe, freilich war ich nicht wirklich engagiert bei der Sache, es lief eher nebenbei, eine Zeitlang dachte ich, alles passt, so kann's weitergehen, ich bin angekommen.

Ich ergriff den Lehrberuf, wir bekamen zwei Kinder.

Es ging mir gut.

Doch, lange ging es mir gut.

Constanze wurde meine große Liebe.

Auch die Kinder hatten einen maßgeblichen Anteil daran, dass es mir gut ging, umso schlimmer war es dann, als sie verschwanden. Sie distanzierten sich, vor allem meine Tochter, aber darüber will ich nicht reden.

Ich weiß nicht, was soll es bedeuten …

Ich spüre die Andeutung eines Krampfes in meinem rechten Bein. Ich muss vom Gaspedal herunter und das Bein strecken.

Ich sehe einen Zug, ich bin diese Strecke früher oft mit dem Zug gefahren.

Es fährt ein Zug nach Nirgendwo, den es noch gestern gar nicht gab …

Ich träumte vor Kurzem, dass ich ein Stück für ein Orchester komponiert hatte. Das Orchester spielte meine Komposition, während es auf einer Landstraße irgendwo im Süden in der prallen Hitze dahintaumelte. Und alle, mich eingeschlossen, hatten große Angst vor etwas Schrecklichem, das uns bevorstand, ohne dass wir wussten, was es sein würde. Diese Aussicht bewirkte beim Orchester, dass das Spiel von großer Angst bestimmt wurde. Die engen Bahnen der Komposition, die vorgegeben waren, wurden verlassen, es wurde zu hoch, zu tief gespielt, zu schnell, zu langsam, jedenfalls immer knapp daneben, die einzelnen Passagen waren durcheinandergeraten, die Reihenfolge der Takte stimmte nicht mehr – es war die berührendste Musik, die ich je gehört hatte, sie ging mir unter die Haut. Und wir alle auf dieser Landstraße im Süden taumelten dem Ziel entgegen, an dem uns das Grauen erwartete …

Jetzt – endlich ist alles gut, radikal alles! – drücke ich wieder aufs Gaspedal, hupe, lache, bremse, rase, quietsche …

Don't stop me now …

*

Welcher Teufel hatte mich bloß geritten, als ich beschloss, Lehrer zu werden, obwohl ich das doch nie hatte werden wollen.

Einige Jahre ging es mehr oder weniger gut, zuletzt war ich im Unterricht ein routinierter alter Sack, die Kinder interessierten mich nicht mehr (eigentlich hatten sie mich nie wirklich interessiert), ich träumte von der Frühpension, wollte meine Ruhe haben. Das Geschreibsel der kleinen Hohlköpfe, die braven, nichtssagenden Aufsätze ödeten mich an, und zwar bis in die Haarspitzen hinein. Ich erwies der guten Sache (Wachs formen, Pflänzlein gießen, Schwämme füttern) keinen guten Dienst, man hätte mich eigentlich aus der Schule werfen müssen.

Bitte, dachte ich, werft mich aus der Schule, es war alles nur ein Missverständnis!

Ich hasste den Schulgeruch, ich hasste den Schullärm, die Kolleginnen und Kollegen, die Eltern sowieso, diese blind in ihren Nachwuchs vernarrten Mamas und Papas (die so gar nichts mit *California Dreamin'* zu tun hatten), die nur das Beste für ihre G'schroppen wollten … Ich mochte keine Kinder, Hunde auch nicht, Katzen schon gar nicht. Ich war unbeliebt.

Als eines der Kinder dann in einem Aufsatz über einen Sommerurlaub am Meer schrieb »Das Rauschen des Meeres ist berauschend«, dachte ich: Mein Leben ist nicht mehr wie das Rauschen des Meeres, eher wie das Rieseln der Zeit, und das ist alles andere als berauschend.

Auf einmal hatte ich wieder Baudelaire im Ohr: »Man muss immer trunken sein. Darin liegt es, das ist das ganze Geheimnis … Berauscht euch!«

Ich spulte nur noch nüchtern mein Programm ab, wollte die Namen der Kinder gar nicht mehr lernen – so viele Kinder, ich wollte sie nur noch Hänsel und Gretel nennen. Aber das ging natürlich nicht, ich musste mir ihre Namen einprägen, um ihnen Noten geben und Arbeiten aufbrummen zu können, um sie namentlich mit ihren Schwächen zu quälen, obwohl das doch alles keinen Sinn hatte.

Von vielen Kindern wusste ich, dass ihr Zuhause die Hölle war. Bildungsferne Schichten, vererbte Bildung – die immer gleiche Scheiße, ohne Aussicht auf Veränderung …

Die alte Leier, die alten Hadern.

Teacher, leave those kids alone …

Mich grauste vor den Ausdünstungen der Schülerinnen und Schüler, der Lärm in den Klassenzimmern, im Lehrerzimmer und auf den Gängen tat mir im Kopf weh, ich spürte das Verstreichen der Zeit. Die Zeit verging, ich verging. Es wurde immer schlimmer.

Here I go and I don't know why …

Einmal träumte ich von Carlo, der mich auslachte. Er sprach nicht in Rätseln, denn er sagte: »Wuffi, was ist aus dir geworden …«

Carlo, Carlo, warum hast du mich verlassen!

Die Kinder langweilten mich, das, was sie schrieben, sowieso. Eine Zeitlang hatte es mich schockiert: Kein gerader Satz, keine Logik, Fehler ohne Ende, dümmliches Denken, widerliche Idole, diese YouTube-Idioten, die sie anhimmelten, alles in allem traurig und deprimierend.

Der russische Schriftsteller Daniil Charms verhungerte in einem Gefängnis, ich in einer Schule. Von ihm stammt das Zitat: »Von den Kindern weiß ich genau, man sollte sie nicht wickeln, man sollte sie vernichten.« – Wie um alles in der Welt hatte es mich nur in eine Schule verschlagen können!

Manchmal hätte ich das Zitat gern bei den Elternabenden vorgetragen, ich ließ es bleiben, wollte mir nicht noch mehr Ärger einhandeln.

Jeden Tag nach dem Unterricht stürzte ich aus der Schule, um tief durchzuatmen. Ich konnte nicht mehr gut schlafen, die Nächte waren die Hölle. Erst zählte ich weiße Schäfchen, dann schwarze Wolken.

Wie gut ich früher, sehr viel früher, schlafen konnte! Nicht selten, dass ich mich erst am Nachmittag aus dem Bett bemühte. Und wie problemlos ich nach dem Aufwachen wieder einschlafen konnte. In meiner Jugend hatte ich eine besondere Phase, was das Schlafen, beziehungsweise das Einschlafen anbelangte. Ich war der Meinung, das Schlafen an sich sei nichts, völlig uninteressant, das Einschlafen hingegen sei das Besondere, das genoss ich, das wollte ich öfter haben, das kultivierte ich. Ich stellte den Wecker zum Beispiel auf 5 Uhr. Ich wachte auf, stellte den Wecker auf 5:15, schlief ein, wachte um 5:15 auf, stellte den Wecker auf 5:30, schlief wieder ein und so weiter. Das Einschlafen gelang mir damals mühelos, kein schwarzes Grübeln hielt mich wach, und so ging das dahin bis 7 Uhr, bis meine Mutter mit dem Staubwedel in der Hand ins Zimmer kam und mich damit gutgelaunt im Gesicht kitzelte … Es waren die goldenen Zeiten.

Wohingegen ich jetzt nächtelang wach lag und ein Meer von schwarzen Gedanken mich umspülte. *Wohingegen ich jetzt nächtelang wach lag und ein Meer von schwarzen Gedanken mich umspülte …*

Ich zählte keine weißen Tierchen, sondern.

Einmal träumte ich von einem Haus mit einem großen Raum unter dem Dach. Es war ein ausgebauter Dachstuhl, der mich auch an einen Schiffsbauch denken ließ – der Bauch eines Schiffes, das auf Sand aufgelaufen war. Das Wrack einer Metapher …

Der große, schöne Raum war voller Kinder, die herumtollten und dabei schrien, dass mir die Ohren weh taten. Über den Köpfen der Kinder befanden sich dicke Holzbalken, die den Raum waagrecht durchzogen, und ich dachte daran, mich an einem der Balken zu erhängen. Das schien mir die einzige Möglichkeit zu sein, alle meine Probleme zu lösen. Ich stellte mir vor, wie das sein würde, mit einem Strick um den Hals in der Luft zu baumeln, da hatte ich plötzlich eine Fahrradpumpe in der Hand, und mir war sofort klar, dass ich damit die Kinder wegblasen konnte. Ich begann zu pumpen, und tatsächlich, die Kinder wurden wie von einem Sturm hinweggefegt – durch eine Tür in die unteren Stockwerke, aber auch durch die Fenster in den Himmel – ein Kind sah ich in weiter Ferne zwischen Wolken verschwinden, was mich an den fliegenden Robert aus dem *Struwwelpeter* erinnerte.

Als ich allein in dem Raum war, begann die Fahrradpumpe in meiner Hand zu brennen, dabei erklang eine Musik, wie ich nie zuvor eine gehört hatte. Ich versuche erst gar nicht, diese Musik zu beschreiben, vielleicht so viel: Manchmal klang es nach leisen, unheimlichen Hilfeschreien.

Plötzlich weinte ich um die Kinder. Ich wurde von einem Weinkrampf geschüttelt, da war auf einmal eine unbändige Liebe, ein abgrundtiefes Verstehen. Ich wollte den Kindern helfen, wollte so sehr, dass sie glücklich sind – wachte schweißgebadet und mit rasendem Herzen auf.

Der Traum färbte den ganzen folgenden Tag, ich hatte stark das Gefühl, den Dachstuhl zu kennen, schon einmal dort oder in einem ähnlichen Raum gewesen zu sein.

Ein paar Tage später nahm ich meine alte Fahrradpumpe mit in die Klasse und sagte: »Manche spielen Geige, Klavier und Trompete, ich Fahrradpumpe!« Dann spielte ich den staunenden Kindern was vor, das heißt, ich furzte und quietschte ihnen was vor, indem ich die Öffnung der Pumpe, in die eigentlich ein kurzer Schlauch hineingehörte, an meine Stirn, die Wange, die Schläfe hielt und pumpte – die herausgepresste Luft machte die herrlichsten Furz- und Quietsch-Geräusche …

Nachträglich betrachtet war das die Fanfare zu meinem neuen Leben, das Aufbruchssignal.

Nachdem ich eine besorgte Mutter wegen irgendeiner lächerlichen Sache abblitzen ließ, warf sie mir empört an den Kopf: »Sie interessieren sich überhaupt nicht für unsere Kinder, Sie Egomane! Und was wir von ihrer Fahrradpumpe und ähnlichen Geschichten halten …«

Ich unterbrach sie, meine Stimme zitterte: »Nein, das interessiert mich wirklich nicht! Und ihre Kinder auch nicht. Ich interessiere mich auch nicht für das, wofür Sie sich sonst interessieren, oder interessieren sollten, wie es heißt. Ich sage Ihnen, mich interessiert das alles nicht. Zeitverschwendung. Sie öden mich an …« – So in etwa redete ich, zugegebenermaßen ein bisschen wirr, ich hatte vor dem Elternabend etwas getrunken. Es war ein sogenannter Eklat, mit der Schule war ich fertig.

School's out for ever …

»Liebe Kinder«, sagte ich zu den Schülerinnen und Schülern meiner Klasse, während sie mich mit offenen Augen und Mündern anstarrten, weil ich mir die Haare auf dem Lehrerklo mit Haargel so gerichtet hatte, dass sie steil nach oben ragten, »ihr seid des Todes, aber macht euch nichts daraus. Noch lebt ihr, macht etwas daraus, aber heute, nicht morgen …«

Ich war ein Held und sagte: »Nett!«

Constanze fragte mich unter Tränen, wie ich mir die Zukunft vorstelle. Ich antwortete ihr, ich würde einen Roman schreiben mit dem Titel: *Das Ekel.*

*

Es gibt kein Zurück, diese Binsenweisheit akzeptierte ich plötzlich nicht mehr. Die Kirche im Dorf lassen, ich konnte es nicht mehr hören. Lassen wir die Kirche im Dorf. Nein, holen wir sie da raus und schicken sie auf Weltreise. Wer sagt, dass es kein Zurück gibt, ist falsch gewickelt. Es gibt ein Zurück, sage ich. Man muss es nur wollen. Es gibt die Wiederholung, die Wiederholung ist keine Illusion, sie ist die Hoffnung auf Veränderung.

Ich schreie laut gegen die Windschutzscheibe.

Lasst euch nicht einwickeln und vollquatschen – hütet euch vor den Stumpföggers und Tiefenböcks!

»Beam me home, Scotty!«

Bald bin ich am Ziel.

Ich sause dahin, denn *ich düse so gern durchs All.*

Huscherl, ich grüße dich, winke dir aus meinem Auto zu. Vielleicht hinterlasse ich an der nächsten Autobahnraststätte eine Socke. Ja, das werde ich tun! Hommage à Huscherl.

Ich düse, düse, düse im Sauseschritt und bring' die Liebe mit von meinem Himmelsritt …

Es lebt sich leichter, wenn schon das Fahren mit einer Rolltreppe Vergnügen bereitet.

Stairway to hell …

Ob mein Leben am Ende wie in einem Film noch einmal vor meinen Augen abrollen wird? Abrollen ist gut.

Zuerst Frühling, also Jugend, Aufbruch, Knospenrausch. Erste tiefe Beziehung: Lisa, Trennung. Ganz schlechte Phase,

Niedergang … Neue Beziehung: Constanze. Studium beendet, wer hätte das gedacht. Lehrer, Heirat, zwei Kinder. Hochphase, Hochblüte, Franz. Neuer Aufbruch, zurück in der Zeit, den Tod überwinden, alles von vorne. Carmen, ich komme. Feuer und Flamme, endlich!

It's better to burn out …

Wer sagt, dass alle sterben müssen, sagt auch, dass Fische Gräten haben. Ich sage, dass Goldfische ein goldenes Herz haben. Drecksfische wiederum haben ein Drecksherz. Alle müssen sterben, das schaue ich mir an. Ich bin zuversichtlich, dass ich nicht sterben werde. Ich bin mir sicher, dass ich nicht sterben werde. Ich fange erst an. Ich will mit Carmen leben, ich will ihren Bauchnabel sehen, will sie unbedingt, sie wird mich wiedererkennen, wir werden endlich zueinander kommen, immer zusammen bleiben.

And I'm not afraid to die …

Wer ein Auto hat, braucht sich um die Zukunft keine Sorgen zu machen. Es gibt kein Problem, das man nicht umfahren könnte, dem man nicht davonfahren könnte, das man nicht überfahren könnte.

Zerfahrenheit 2014.

Es geht durch mit mir.

Ich sage: »Franz!«

Hätte ich eine Knarre, würde ich mir in den Kopf schießen und schauen, was passiert.

»Ich hatte keine Tötungsabsichten, das müssen Sie mir glauben«, sagte der Angeklagte zum Richter. Er hatte über 20 Schüsse auf seine Frau abgegeben.

Für jedes Schnitzel, das du gegessen hast, wirst du dereinst Rechenschaft ablegen müssen.

Am Anfang war das Wort, und das Wort ist Fisch geworden, und das Wort ist fortgeschwommen.

Am Anfang war das Wort, und das Wort ist Auto geworden, und das Wort ist fortgefahren.

Am Ende leuchtet ein Feuerball. – Aus den Prophezeiungen Carlos.

Ich mache aus der Not eine Jugend.

*

Zwei Bücher brachten die Lawine ins Rollen.

Die Kinder, mit denen ich zu tun hatte, lasen nicht, zumindest keine Bücher. Bücher waren für sie Dinosaurier und Pferdekutschen, ausgestorben oder im Aussterben begriffen.

Auch T. Rex ist tot und vergessen!

Children of the revolution …

Ich habe immer gern gelesen, Bücher halfen mir über vieles hinweg, waren Ersatz und zuletzt Fluchthelfer im wahrsten Sinne des Wortes.

Aus der öffentlichen Bücherei, die ich regelmäßig aufsuchte, meistens am Freitag Nachmittag, nahm ich immer wieder Bücher von Autorinnen und Autoren mit, die ich nicht kannte. In der Hinsicht war meine Neugier noch intakt.

Hohe Stimme, tiefe Stimme.

Immer schon habe ich gern Selbstgespräche geführt.

Einfamilienhäuschen links und rechts, soweit das Auge reicht, das Glück pocht im Wohnzimmer, fern dem Meer, der Gischt und der Brandung.

Es ist Winter, ich sehe in ein Wohnzimmer:

Vater, Mutter, Kind liegen vor dem Fernseher und schauen sich ein Schirennen an, eine Abfahrt, plötzlich sagt das Kind, ein Junge: »Der Deutschländer ist rasend schnell!«

Ich wische mir eine Träne aus dem Auge.

Ich fahre auch rasend schnell. Ich öffne das Fenster, halte meinen Kopf in den Fahrtwind, mein Haar ist zerzuselt …

Der Junge zeigt den Eltern im *Struwwelpeter* sein »Lieblingsbild«, wie er sagt: das brennende Paulinchen. Auf die Frage, warum denn ausgerechnet das, antwortet er: »… weil ich Mädchen hasse!«

Ich verließ Constanze, fiel in Liebe mit Franz.

Die Wahrheit ließ sich auf Dauer nicht unterdrücken, ich lief immer noch schreiend über die Wiese vor meinem Elternhaus, hatte nie aufgehört, das zu tun. Die Schreie kamen mir bei beiden Ohren heraus. Die lächerliche Wahrheit.

Constanze und ich, wir hatten uns auseinandergelebt, genauer geht es nicht. Ich war ein Fremdkörper, Wichtigtuer nannte sie mich, wohl zu Recht, ich würde mich zu wichtig nehmen, die Nächte waren schlaflos, die Tage anstrengend.

Ich beehrte Familientreffen im Haus von Constanzes Eltern mit meiner Abwesenheit, wenn ich dabei war, schaute ich dumpf ins Leere. Tante Frieda wollte mit mir über das Theater und die Oper reden, ich sagte, ich gehe lieber ins Fußballstadion und in den Zoo.

Feed animals in the zoo …

Der Garten ist gepflegt. Die Fenster sind geputzt. Das Auto steht gewaschen in der Garage. Das Auto hat keinen einzigen Kratzer. Der Fernseher läuft. Die geselligen Abende sind Pflicht. Der Gottesdienst findet nach wie vor statt. Die Nachbarn bringen gute Laune mit. Wurst und Käse schmecken gut. Die Kinderaugen leuchten. Die Klospülung funktioniert tadellos. Das Laub wird entsorgt. Die Blumen stehen in Reih und Glied.

Carlo prostete mir zu, aber er war tot.

Ich bin aus der Zeit herausgefallen, das mache ich mir zunutze.

»… das Unerwartete, die Überraschung, das Erstaunen ist ein wesentliches und charakteristisches Merkmal des Schönen.« – Mann, Baudelaire, so lange her.

Wie viel mir das damals sagte, wenn ich bei Rimbaud las: »Lasst uns alle erdenklichen Grimassen schneiden.«

Carmen!

*

Drei längere Beziehungen:
Lisa.
Constanze.
Und dann kam Franz.
The first, my last, my everything …

Franz war mein Cosmic Lover, eine kurze, aber intensive Zeit lang.

Ja, ich verließ Constanze, denn ich hatte mich in Franz verliebt. Ich zog mit Franz zusammen, wir führten eine kosmische Ehe.

Die Schwulensonne wärmte mein Herz.
Der Mann im Mond zwinkerte mir zu.
Doch! Doch! Doch! Ich bestehe auf Franz.
Wir waren glücklich, aber dann.

Kurz bevor ich völlig »abdrehte«, lieh ich mir ein Buch von einem gewissen Ernest van der Kwast aus. Ernest van der Kwast – was für ein Name! Das Buch hießt *Fünf Viertelstunden bis zum Meer.* Der Klappentext hatte mich überzeugt: Ein junger Mann verliebt sich am Strand in eine junge Frau, als er ihren Bauchnabel sieht. Zu jener Zeit war die Bademode noch zugeknöpft, die junge Frau war mit ihrem Bikini eine Ausnahme. Er macht ihr mehrere Heiratsanträge, sie lehnt ab, ihre Wege trennen sich. Er flieht in den Norden, wird dort Apfelpflücker. Irgendwann schreibt er ihr einen Brief. Sie antwortet viele Jahre später, dass sie ihn liebt. Und nach 62(!) Jahren treffen sie sich erstmals wieder (»Was sagt man, wenn man sich nach sechs Jahrzehnten wiedersieht?«), sie fallen einander in die Arme. »Sie sprachen kein Wort. Es gab nur Schweigen. Tiefes Schweigen. Hundert, zweihundert, dreihundert Jahre«. Nicht nur die letzten Sätze aus diesem Buch weiß ich immer noch auswendig.

Was für eine Geschichte, ich las sie in einer Nacht durch. Besonders gingen mir die Stellen unter die Haut, wo der Bauchnabel von Giovanna vorkam: »Die junge Frau, die ihn mit ihrem Nabel verzaubert und sein Herz mit der Harpune der ersten Liebe durchbohrt hatte.«

Erste Liebe! – Carmen. Waldbad 1973. Plötzlich war er wieder da, dieser Sommernachmittag am 6. Juli vor 41 Jahren, als ich in Liebe entbrannte. Und am Abend brannte die Stadthalle ab, nur deshalb konnte ich den Tag ja so genau bestimmen …

Ich dachte an Carmens Bauchnabel – ich hatte ihn nicht gesehen! Sie trug einen Badeanzug, hinten am Rücken war viel frei, daran kann ich mich gut erinnern, sogar an den Badeanzug kann ich mich erinnern, an seine Farbe, beziehungsweise seine Farben, rot mit gelben Punkten …

Und ich dachte in meiner Sehnsucht, dass ich mit 18, wenn ich dann erwachsen wäre (wie unendlich viel Zeit damals noch fünf Jahre waren!) mit einem Auto bei Carmen in der Sonnengasse vorfahren würde, um sie abzuholen für die Reise in die Ekstase (das Wort kannte ich damals noch nicht), für die Reise ins Glück …

Irgendwo las ich einmal, dass manche Jungen zum Mann werden, wenn sie mit einer Frau ins Bett gehen, andere wenn sie einen Hirsch schießen oder ein Auto zu Schrott fahren.

Ich wurde dadurch zum Mann, dass ich viele Böcke schoss.

Ich schlage mit beiden Händen auf das Lenkrad. Immer wieder!

Wenn es nach 62 Jahren möglich war, seine erste große Liebe wiederzufinden, dann erst recht nach 41 Jahren …

Seit jener Nacht, seit jenem Buch war ich besessen davon, Carmens Nabel zu sehen.

Ich hatte keinen Zweifel daran, dass sie immer noch in der Sonnengasse 10 wohnte.

Ich hatte keinen Zweifel daran, dass ihr Nabel der schönste Nabel der Welt war, mein Eldorado, mein Wunsch- und Wunderland …

Ich fand das Lied wieder und hörte es mir ununterbrochen an, das Lied, das wir damals im Schwimmbad so oft gehört hatten. Das Lied, das jahrelang in mir Saiten zum Schwingen gebracht hatte: *Tie a Yellow Ribbon 'Round the Old Oak Tree …*

Und der Text passt wie die Hand aufs Herz: Ein Mann kommt nach drei Jahren (lächerlich, verglichen mit sechs Jahrzehnten!) aus dem Knast. Zuvor hat er seiner großen Liebe einen Brief geschrieben. Falls du mich immer noch willst, heißt es darin, binde eine gelbe Schleife um die alte Eiche. Wenn ich aus dem Bus keine Schleife um die alte Eiche sehe, dann vergesse ich, was mit uns war, und fahre weiter …

Van der Kwast hat das Buch ursprünglich unter dem Titel *Giovanna's Navel* veröffentlicht, im Gegensatz zu Franz gefiel mir der besser als der deutsche Titel *Fünf Viertelstunden bis zum Meer.* Wie arglos er war, als ich ihm von dem Buch erzählte. Van der Kwast wies mir den Weg aus dem Knast. Es war mir irgendwie unheimlich, aber die Botschaft war eindeutig: »Und dann stand er vor ihr, der Göttin aus der Gischt, der Göttin mit dem nassen Nabel.«

*

Ich hatte aus der Bücherei ein zweites Buch ausgeliehen, schon ungefähr zwei Wochen vorher, ohne es näher angeschaut zu haben. Es lag seither unbeachtet neben meinem Bett. Der Titel hatte mich angesprochen, vielleicht auch der Name der Autorin. Das Buch hieß *Der gute Liebhaber* und war von der Isländerin Steinunn Sigurdardóttir. Als ich es in die Hand nahm und las, was auf der Rückseite des Buches stand, wurde mir heiß und kalt: Nach siebzehn Jahren kehrt ein Mann zum Haus seiner ersten Liebe nach Island zurück …

Die Namen Van der Kwast und Sigurdardóttir klingen so anders als die Namen Bataille und Baudelaire …

Ich kann nicht damit aufhören, die Namen laut vor mich hin zu sagen.

Ich träumte von Carmens Nabel, durch den ich schlüpfte in ein grenzenloses Wunderland …

Einmal wurde ich im Traum durch den Nabel hindurch ins Weltall katapultiert, das Geheimnis der Unendlichkeit wurde mir enthüllt, im Bruchteil einer Sekunde, diese Erkenntnis war so heftig, dass es in meinem Kopf eine Art Explosion gab, ich schreckte hoch, riss die Augen auf, es flimmerte vor meinen Augen, es dauerte, bis ich wieder klar sehen konnte.

Der Badetag, der Unwetterabend: so lange verschüttet, so plötzlich aufgetaucht.

Meine Eltern waren Mitglieder beim Chor, der sogenannten Liedertafel, gingen am Abend jenes 6. Juli 1973 in die Stadthalle, um ein Konzert zu singen, auf mich passte meine Großmutter auf. Das Wetter schlug um, es regnete, donnerte, blitzte, der aufregende Sommertag war abrupt zu Ende, vor mir lagen unendlich lange Ferien, in denen ich Carmen wahrscheinlich nicht wiedersehen würde. Die Sehnsucht war überwältigend, überschwemmte den Jungen, der ich war, ich strampelte in der wilden Brandung der Gefühle. Ich war verliebt bis ins Mark, es zog, es pochte, ein süßer ziehender Schmerz, ich wollte aus der Haut fahren, das blutjunge Feuer der Leidenschaft brannte lichterloh in meinem unbefleckten Herzen, *ein süßer ziehender Schmerz, ich wollte aus der Haut fahren, das blutjunge Feuer der Leidenschaft brannte lichterloh in meinem unbefleckten Herzen*, und dann kam die Meldung: Die Stadthalle brennt.

Ich wusste, meine Eltern waren dort, ich hatte Angst um sie, trotzdem überstrahlte Carmen alles, ich sah nur ihr Gesicht vor mir, ihren jungenhaften Körper. Schlechtes Gewissen, Turbulenzen, Abgründe. Ich erinnere mich, dass man von der Terrasse unseres Hauses den Feuerschein über der Stadt sehen konnte, der Himmel leuchtete rot und gelb …

Irgendwann kam die Meldung, dass niemand verletzt oder gar verbrannt war. Das dauerte damals ohne Handy und Internet länger, als es heute dauern würde. Die Stadthalle wurde ein Raub der Flammen, das Feuer tat gründliche Arbeit.

Im Internet las ich: »Die Konzertbesucher konnten die Halle problemlos verlassen. Trotz einem Großeinsatz der Feldkircher Wehren war die Stadthalle mit dem Tonhallenkino nicht mehr zu retten.«

Carlo und ich waren davon überzeugt, unsterblich zu sein.

An Tagen wie diesen haben wir noch ewig Zeit …

*

Plötzlich verlangte Franz von mir, dass ich zu Hause nur noch im Sitzen pinkle.

Franz wurde immer dicker, obwohl er immer weniger aß.

Franz sah mit den grauen Haaren zehn Jahre älter aus.

Franz wollte immer öfter wandern. Widerwillig ging ich manchmal mit, verbiss mir Kommentare, schluckte vieles hinunter. Sagte er während der Wanderung: »Schön!«, dachte ich: »Fad.« War er von der Aussicht auf ein Seeufer mit ein paar Häusern begeistert, dachte ich: »So stelle ich mir die Hölle vor.«

Kochte Franz uns Beilagen, träumte ich von einem Schweinsbraten.

Nannte Franz mich »Tierquäler«, nannte ich ihn »Schwanzlutscher«.

Lüften war auch ein konstantes Thema. Franz und sein ständiges Lüften!

Frischluft wird maßlos überschätzt.

Franz hängte was leuchtend Blaues oder Grünes, das duftete, in die Klomuschel.

Ich bin der Meinung, auf einem Klo muss es nach Scheiße stinken, nicht nach Pfirsich duften.

Cindy & Bert hieß ein Schlagerduo, das 1973 mit *Immer wieder sonntags* einen Hit landete. Bert war seit Jahren tot, Cindy, die mit ihm einen Zeitlang verheiratet war, redete in einer Talkshow über diese Ehe. Sie erzählte, dass Bert immer zu Späßen aufgelegt war, und das ging ihr irgendwann auf die Nerven. Es kam zur Scheidung. Gefragt nach den Späßen, nannte Cindy folgendes Beispiel: Einmal waren sie auf einer Party. Bert verschwand auf dem Klo und schmierte dort alles mit Nutella voll. Die Frau, die das WC als Nächste aufsuchte, traf fast der Schlag. Die Gastgeberin wurde alarmiert, alle Gäste gingen schauen, da drängte sich Bert vor. Er fuhr mit dem Finger ins Braune und schleckte den Finger ab. Die Leute erstarrten, und Bert sagte: »Ja, das ist wirklich Scheiße.«

Franz war kein Bert, ich keine Cindy.

Im Supermarkt in der Schlange vor der Kassa sagte ich zu Franz: »Darf ich auf deinen Hinterkopf spucken?«

Ich musste mir Luft machen, trat wieder auf der Stelle, wollte hüpfen, aber der Bauchnabel war noch nicht am Horizont aufgegangen.

Franz schlief vor dem Fernseher ein.

Franz las Bücher von fremden Männern.

Wieder im Supermarkt: Ich warf die Karotten aufs Förderband.

Franz empört: »Mit mehr Liebe!«

Ich indigniert: »Ich habe kein Herz für Karotten, ich verachte Gemüse!«

Er: »Fleischfresser!«

Franz grauste vor ausgeliehenen Büchern.

Weiß Gott, wer die schon in Händen gehalten hat, mit denen er oder sie kurz zuvor weiß Gott was.

Franz ging plötzlich 10.000 Schritte am Tag.

Franz kochte ein Bio-Huhn. Bevor er es ins Rohr schob, sagte er zu ihm »Danke, Huhn!«

Unsere Beziehung hatte keine Chance mehr, ich bewarf Franz mit Pfirsichen …

Kaum war Franz aus der Wohnung gegangen, für den Abend sollte ich alkoholfreies Bier einkaufen, setzte ich mich ins Auto und fuhr Richtung Westen.

I'm on my way …

Der Mond war unbewohnt.

Be quiet, big boys don't cry, big boys don't cry …

*

Dass mir etwas gelingt, was noch keinem anderen Menschen gelungen ist.

We're captive on the carousel of time …

Carlo, Carlo, warum hast du mich verlassen.

This is the weeping song, the song in which to weep …

»Rattenschwanz und Feuerknall, alles nur ein Widerhall«, lallte ein kaputter Sandler in einem unaufhörlichen Singsang, während er im Dreck lag und mit irren Augen zum Himmel schaute. Constanze kümmerte sich um ihn, weil sie ein guter Mensch war. Sie wollte es nicht akzeptieren, dass der Mann im Dreck liegend seinem Schicksal überlassen wurde. Außerdem war Winter. Gute Constanze, sie machte der Polizei Beine!

Angesichts der Berge singe ich laut:

»Müsle gang ge schlofa, der Tag züht us bed Schua, und huschat uf da Zeha, da Schwitzarberga zua. Tua di nur net fürchta, tua di nur net fürchta, tua di nur net fürchta …«

Noch hat der Tag beide Schuhe an, so wie auch ich.

Carmen, ich komme!

Hohe Stimme, tiefe Stimme.

Immer schon habe ich gern Selbstgespräche geführt.

Ja, das stimmt.

Franz warf mir vor, ich würde mich ständig wiederholen.

Franz warf mir vor, ich würde mich ständig wiederholen.

Und was für ein Theater Franz machte, nur weil ich den Kronkorken der Bierflasche in die Bestecklade gelegt und den Flaschenöffner in den Mistkübel geworfen hatte. Franz meinte, ich würde ständig Dinge verwechseln und vergessen.

Ich sagte: »Mein Sieb ist ein Gehirn, ich verwechsle nie etwas.«

Die ungeschminkte Wahrheit über Lisa und Linda.

Nein.

Die ganze Wahrheit über Franz, nein, Klaus.

Nein, auch nicht.

Der gute Liebhaber: »Und wie gesagt, die Welt ist voll von Schwächlingen und Mutterfixierten, die ihren Zustand damit kaschieren, dass sie Fußball spielen und die Welt in Brand setzen und so viele Frauen wie möglich vernaschen, ewig und immer unbefriedigt, weil keine Frau so gut wie die liebe Mama ist.«

Franz! Das Glück ist uninteressant, es war einmal …

What's love got to do with it …

Was soll das?

If you stay you won't be sorry …

Im Gegenteil.

I put my hands into the roaring flames, I felt the pain when it started to burn …

Franz bestand von einem Tag auf den anderen darauf, dass ich ihn Franz-Klaus nenne.

Wehe, ich sagte Klaus-Franz.

Oder Rumpelmayer, was ihn besonders ärgerte.

Dann eben Franz-Klaus.

»Sind eh nur zwei Silben«, sagte Franz-Klaus.

»Komm her«, sagte Franz-Klaus. »Franz-Klaus will deine Lippen küssen! Mhhh, jaaa! So geht Liebe, merk' dir das.«

Franz-Klaus wollte, dass ich nur noch helle Kleidung trage.

Franz-Klaus wollte, dass ich mir kein Fußballspiel mehr ansehe.

Franz-Klaus wollte, dass ich mich am ganzen Körper rasiere. Er fand meine Behaarung zunehmend abstoßend.

Franz-Klaus hängte Bilder auf, die mir nicht gefielen: Weiße Hirsche in der Nacht.

Franz-Klaus hasste es, wenn ich ihm von Reinhard Fendrich vorsang: *A schräge Wies'n am Donaukanal is mei Rivera … I bleib daham und blas am Kamm …*

Es ist aus, Franz-Klaus.

*

»Voll von Freunden war mir die Welt, als mein Leben noch licht war, nun, da der Nebel fällt, ist keiner mehr sichtbar« – diese Zeilen von Hermann Hesse deklamierte ich auch damals vor hundert Jahren auf dem Feld, als der Nebel fiel, und die kleine Gruppe erstarrte über einem, der hingestreckt am Boden lag.

Die Flaschen, die Nullen.

How I lost my friends, I still don't understand …

Carlo dichtete einmal vier Gedichte für mich, die ich aber verloren habe. Ich kann mich nur an zwei Zeilen erinnern, es sind die Schlusszeilen eines der Gedichte, an die muss ich immer wieder denken in allen möglichen Zusammenhängen: »So geht der trübe Weltenlauf / Und ich schwimm' munter obendrauf.«

Wir hätten Schriftsteller werden sollen, Carlo und ich.

I was feelin' like my day had just begun …

Sollte ich verglühen, kehre ich zurück als Wolke oder Regentropfen.

I never died, said he …

*

Ich sehne mich nach dir, Carmen!
Oooh, you'll wait a long time for me …

Ich will mich dir zu Füßen werfen, dich anhimmeln wie damals, dir meine ewige Liebe schwören, das Feuer der Leidenschaft soll mich verzehren. *Ich will mich dir zu Füßen werfen, dich anhimmeln wie damals, dir meine ewige Liebe schwören, das Feuer der Leidenschaft soll mich verzehren.*

An der Tankstelle sage ich der Frau an der Kassa, dass es sich bei dem Auto um mein erstes Auto handelt – ich hätte es schon 36 Jahre vorher gebraucht.

Ich denke an Carlo, der sein Auto getarnt hat. In meinem Kopf spielt es Granada. Ich kaufe einen Kanister Benzin, das ist besser als ein Kracher.

Als im Radio ein Lied läuft mit der Textzeile *You set my heart on fire*, drehe ich voll auf, schreie mit …

Mir geht die Luft aus.

*

Es ist kurz vor Mitternacht und ich stehe in der Sonnengasse. Ich habe mich nur um ein paar Jahrzehnte verspätet.

Zum Schluss geht alles sehr schnell. Ich bin überrascht, dass ich schon hier bin. Ich parke das Auto und gehe zur Haustür, Sonnengasse Nummer 10, ich kann es kaum glauben, mein Herz schlägt *rasend schnell.* Das Haus ist dunkel, kein Licht brennt. Ich läute. Nichts passiert, nichts rührt sich. Ich läute ein zweites Mal. Endlich wird Licht gemacht, die Haustür wird geöffnet, Carmen steht im Nachthemd vor mir. Ich erkenne sie sofort wieder.

»Du?«, sagt sie, noch bevor ich etwas sagen kann, und schaut mich fragend an. Ich falle ihr schluchzend vor die Füße, Tränen laufen mir über die Wangen und mit bebender Stimme frage ich: »Darf ich deinen Bauchnabel?«

Ohne zu zögern bittet sie mich ins Haus, schließt die Tür hinter sich und hebt ihr Nachthemd hoch. Ich kniee mich zum zweiten Mal vor ihr nieder, lege meine schweißnassen Hände auf ihre Hüften und presse zitternd meine Lippen auf ihren Bauchnabel.

»Endlich!«, sage ich. »Ich will deinen Bauchnabel in Zukunft täglich sehen und küssen – ich will hineinschlüpfen, zurückreisen zum 6. Juli 1973, alles soll noch einmal beginnen …«

Carmen reicht mir lächelnd die Hand, kniet sich ebenfalls nieder, reißt mir in aufwallender Leidenschaft das Hemd vom Oberkörper, öffnet meine Hose, zieht sich das Nachthemd über den Kopf, wir fallen einander in die Arme, wir fallen übereinander her, lieben uns auf dem Teppich im Flur des Hauses.

Sie wird ihre Familie verlassen, um mit mir über die Vergangenheit in eine andere Gegenwart zu reisen, um neu zu beginnen.

Als wir aus unserem Liebesrausch erwachen, sind wir 18 Jahre alt.

»Ich bin mit meinem Auto da, wir können hinfahren, wohin du willst«, sage ich.

»Schön«, sagt sie nur.

Wir beschließen, ihr Haus anzuzünden, bevor wir losfahren …

Nein, es ist so:

Während wir uns in rasender Leidenschaft nackt auf dem Teppich wälzen, verjüngen wir uns um Jahrzehnte. Ich schreie meine Lust in die Nacht, als plötzlich ein Mann über uns steht. Carmen deutet auf ihn und sagt: »Darf ich vorstellen, Herr Böhler«, dann deutet sie auf mich …

Herr Böhler hat keine Chance, ich springe ihm, einem Säbelzahntiger gleich, an den Hals und töte ihn mit einem Biss in die Kehle. Seine letzten Worte sind: »Das warf doch nicht wahr sein!«

Natürlich ist es so:

Carmen und ich knüpfen sofort und ganz selbstverständlich dort an, wo wir am 6. Juli 1973 aufgehört haben. Als ich vom Brand der Stadthalle erzähle, lacht sie und meint, ihr Mann sei bei der Feuerwehr. Dann schlägt sie mir vor, ins nahe Feuerwehrhaus zu gehen, sie habe einen Schlüssel. Dort gebe es auch Bier, denn sie habe nichts im Kühlschrank, ihr Mann trinke keinen Alkohol. Außerdem wolle sie niemanden wecken, und vor allem von niemandem gestört werden.

Ich könnte heulen.

Auf dem Weg zum Feuerwehrhaus kommen wir an einem sogenannten Brandopferplatz vorbei. Vor über 1000 Jahren vor Christi Geburt wurden hier Tiere geopfert, im Feuer verbrannt, bei Ausgrabungen wurden verkohlte Kochen gefunden. Mit Carmen ins Jahr 1000 vor Christi Geburt, an einem Brandopfer teilnehmen …

Im Feuerwehrhaus faszinieren mich die großen Feuerwehrautos, die eine Kraft ausstrahlen wie ich sie selber gern ausstrahlen würde.

Da sind viele Spinde mit Namensschildern. Auf jedem Spind liegt ein Feuerwehrhelm. Ich gehe die Namensschilder durch, suche einen Helm mit meinem Namen und werde fündig. Frauennamen suchen wir vergebens, Carmen entscheidet sich für einen Marcel.

Wir sitzen uns mit behelmten Köpfen gegenüber und trinken Bier. Die Helme sind uns zu groß, wir schieben sie in den Nacken.

Ich folge Carmen in eines der Feuerwehrautos, wir schauen uns tief in die Augen, in denen Funken sprühen, die Helme stehen uns gut, wir lächeln, plötzlich werden wir beide ernst. Dann schlafen wir miteinander, dass das Feuerwehrauto nur so wackelt. Wer weiß, wie groß und schwer Feuerwehrautos sind, kann sich vorstellen, wie leidenschaftlich und vehement wir uns lieben. Die Helme rutschen uns über die Augen, sie schlagen gegeneinander wie Glocken, und am Höhepunkt geht zu allem Überfluss die Feuerwehrsirene los.

Was für ein Spektakel!

Ich sage Carmen, dass ich eifersüchtig auf Herrn Böhler sei. Sie meint, das brauche ich nicht, Herr Böhler sei Geschichte, sie wolle jetzt nur noch mit mir zusammen sein, wir hätten viel nachzuholen, die nächsten 41 Jahre sollten wir keinen einzigen Tag mehr getrennt sein, und dann mit 95 feiern wir ein riesiges Fest, aber vorher machen wir die letzten 41 Jahre ungeschehen, wir verbrennen sie, ich hole den Benzinkanister, lege Feuer im Feuerwehrhaus, es ist ein Freudenfeuer …

»*Carmen, Carmen, where have you been so long!*«, singe ich, da höre ich ein Lachen, ein spöttisches, höhnisches Lachen.

*

Ich stehe vor dem Haus in der Sonnengasse und weiß plötzlich, ich werde Carmens Bauchnabel niemals sehen. Das abstoßend nichtssagende Haus und der abstoßend gepflegte Garten sagen mir, ich werde Carmens Bauchnabel niemals sehen. Ich bin schlagartig ernüchtert, werde zum schwarzen Riesen, der nur noch einen Wunsch hat.

Ich gehe zurück zum Auto, nehme den Benzinkanister zur Hand und leere mir Benzin auf die Brust, den Bauch und den Rücken, den restlichen Benzin verteile ich auf dem Boden des Autos.

Es ist plötzlich stumm in mir.

Ich fahre los, durch die Stadt, durch die Hohle Gasse, die in die Kapfstraße übergeht. Sie ist mein Ziel, diese Straße will ich entlangfahren, ich habe mir vorher schon alles angesehen, ich bin nicht unvorbereitet. Je näher ich der Ill komme, desto mehr beschleunige ich, in der rechten Hand halte ich das Feuerzeug. Etwa 20 Meter vor dem Fluss steuere ich die Lücke zwischen dem Verkehrszeichen und dem Metallzaun an und rase dann durch den Holzzaun, der an dieser Stelle vor dem Flussbett angebracht ist – er wirkt provisorisch, vielleicht hatte vor kurzem jemand dieselbe Idee wie ich? Ich schieße durch die Luft Richtung Fluss, zünde das Feuerzeug, und da sehe ich plötzlich ein Gesicht vor mir, ein trauriges Gesicht, und es wird mir blitzartig klar, ich liebe diese Frau mehr als alles in der Welt, ihr liebes, trauriges, ängstliches Gesicht, und meine Liebe wächst ins Unermessliche, so rasend schnell, dass es mich fast zerreißt, ich brülle: »CONNY!!!« – Ich will alles ungeschehen machen, noch einmal mit ihr beginnen, nein, weitermachen, aber anders, ich begehre sie wie nie zuvor, und es wird plötzlich taghell, da ist eine leuchtende Sonne, obwohl es doch Nacht ist, und ich sehe über Constanzes zärtlichem, verzeihendem Gesicht einen Himmel, dessen lichtes Blau der Unendlichkeit das Grauenhafte nimmt.

Lieder

Das Lied

Tie A Yellow Ribbon 'Round The Old Oak Tree – Tony Orlando
Wahre Freundschaft – Volkslied
Viele, viele Künste – Volkslied
Baby you can drive my car – aus: *Drive My Car*, The Beatles
In Muetters Stübele, do goht der Hm, Hm, Hm – Volkslied
When I was younger so much younger than today – aus: *Help*, The Beatles
Sugar, sugar, oh honey, honey – aus: *Sugar Sugar*, The Archies
La li lu, nur der Mond sieht zu – Gutenachtlied
You Can't Always Get, What You Want – The Rolling Stones
Rust Never Sleeps – Neil Young
That way down on Highway 61 – aus: *Highway 61 Revisited*, Bob Dylan

Der Schaum

Down the windy halls of friendship – aus: *Thrasher*, Neil Young
W*here seldom is heard a discouraging word* – aus: *Home on the Range*, Amerikanische Volksweise
Black cloud it keeps on following me everywhere I go – aus: *Black Cloud*, Kevin Coyne

Sugar Baby Love – The Rubettes
Oh don't ask why – aus: *Alabama Song,* The Doors
Fox On The Run – The Sweet
Women's liberation came kreeping all across the nation – aus: *Bobby Brown Goes Down*, Frank Zappa
Nur weil wir keine Ausbildung haben, machen wir den ganzen Scheiß – aus: *Hamburg,* Lassie Singers
Owe den Boch – Kollegium Kalksburg (Antonio Fian, Paul Skrepek)
Oh when the saints go marching in – Geistliches Lied, Gospel
Laudato si – Kirchenlied
Im Frühtau zu Berge – Deutsche Version eines schwedischen Wanderliedes
Schieb den Wal zurück ins Meer – aus: *Walkampf,* Die Toten Hosen
Riders On The Storm – The Doors
Immer wieder, immer wieder, immer wieder Österreich – Stadion-Klassiker
Wem Gott will recht Gunst erweisen – Joseph von Eichendorff, Friedrich Theodor Fröhlich
Corinna, Corinna – Bob Dylan
Meine Oma fährt im Hühnerstall Motorrad – Scherzlied
Killing me softly – aus: *Killing Me Softly With His Song,* Fugees
Caro amico ti scrivo – aus: *L'anno che verrà*, Lucio Dalla
Black cloud it keeps on following me – aus: *Black Cloud*, Kevin Coyne
Ich kannte ein Mädchen, die war lieb und nett – aus: *Faltenrock* von Michael Krüger
So ein Tag so wunderschön wie heute – Lotar Olias, Walter Rothenburg
Hörst du die Regenwürmer husten – Markus Becker
Ein Stern, der deinen Namen trägt – Nik P.

It's a Video Life – Reinhold Bilgeri
Smoke on the Water – Deep Purple
I want to fly away – aus: *Fly Away*, Lenny Kravitz
A goddess on a mountain top was burning like a silver flame – aus: *Venus*, Shocking Blue

Der Nabel

Hell die Gläser klingen – aus: *Heut' geht es an Bord,* Freddy Quinn
The best is yet to come, the truth is yet to come – aus: *Lovesongs*, New Model Army
Good To Be On The Way Back Home Again – Cornershop
I Can See Clearly Now – Jimmy Cliff
It's funny I never thought I'd be the one who would change – aus: *Lovesongs*, NMA
Go straight to hell boys – aus: *Straight To Hell,* Joe Strummer
Yes I can make it now – aus: *I Can See Clearly Now,* Jimmy Cliff
Well, maybe there's a God above – aus: *Hallelujah*, Leonard Cohen
Lasciate mi cantare – aus: *L'italiano,* Toto Cutugno
Come on, baby, light my fire – aus: *Light My Fire,* The Doors
Whoa, Black Betty (Bam-ba-lam) – aus: *Black Betty,* Ram Jam
Get Back – The Beatles
Is This The Way To Amarillo – Tony Christie
Heidenröslein – Volkslied (Goethe, Schubert …)
I want to fly away – aus: *Fly Away*, Lenny Kravitz
Wir fahren, fahren, fahren auf der Autobahn – aus: *Autobahn,* Kraftwerk
Live is Life – Opus

I drive a Rolls Royce 'cause it's good for my voice – aus: *Children of the Revolution,* T.Rex
Das hier ist ewig, ewig für heute – aus: *Tage wie diese,* Die Toten Hosen
Ein Vogel wollte Hochzeit halten – Kinderlied
Last night I heard my mama singing a song – aus: *Chirpy Chirpy Cheep Cheep,* Middle of the Road
I'm comin' home, I've done my time – aus: *Tie a Yellow Ribbon 'Round the Old Oak Tree* – Tony Orlando
Let's go back, let's go back – aus: *Back To The Drive,* Suzie Quattro
I want to break through – aus: *Break on Through,* The Doors
Hey little children don't disappear – aus: *The Wheel,* P.J. Harvey
The best is yet to come, the truth is yet to come – aus: *Lovesongs,* NMA
Down By The River – Neil Young
You ain't really made for bein' out in the street – aus: *Bobby Brown Goes Down,* Frank Zappa
Baby, you can drive my car – aus: *Drive My Car,* The Beatles
Ich weiß nicht, was soll es bedeuten – aus: *Lied von der Loreley,* Heinrich Heine …
Es fährt ein Zug nach Nirgendwo – Christian Anders
Don't Stop Me Now – Queen
Teachers, leave those kids alone – aus: *Another Brick in the Wall,* Pink Floyd
Here I go and I don't know why – aus: *Dancing Barefoot,* Patti Smith
School's out for ever – aus: *School's Out,* Alice Cooper
Ich düse, düse, düse im Sauseschritt und bring' die Liebe mit von meinem Himmelsritt – aus: *Codo,* DÖF
Stairway to hell, richtig: *Highway to Hell,* ACDC
It's better to burn out – aus: *Hey Hey, My My,* Neil Young

And I'm not afraid to die – aus: *The Mercy Seat,* Nick Cave
Children of the Revolution – T.Rex
Feed animals in the zoo – aus: *Perfect Day,* Lou Reed
The First, My Last, My Everything – Barry White
Tie A Yellow Ribbon 'Round The Old Oak Tree – Tony Orlando
An Tagen wie diesen haben wir noch ewig Zeit – aus: *Tage wie diese,* Die Toten Hosen
I'm on my way – aus: *Moving On,* James
Be quiet, big boys don't cry, big boys don't cry – aus: *I'm Not In Love,* 10cc
We're captive on the carousel of time – aus: *The Circle Game,* Joni Mitchell
This is the weeping song, the song in which to weep … aus: *The Weeping Song,* Nick Cave
Müsle gang ge schlofa – Volkslied
What's Love Got To Do With It – Tina Turner
If you stay you won't be sorry – aus: *Kooks,* David Bowie
I put my hands into the roaring flames – aus: *Fate,* NMA
A schräge Wies'n am Donaukanal – Reinhard Fendrich
How I lost my friends, I still don't understand und *I was feelin' like my day had just begun* – aus: *Thrasher,* Neil Young
I never died, said he – aus: *Joe Hill,* Joan Baez
Oooh, you'll wait a long time for me – aus: *I'm Not in Love,* 10cc

Christian Futscher,
geboren 1960 in Feldkirch, Studium der Germanistik, lebt seit 1986 in Wien, wo er u. a. Pächter eines Stadtheurigen war. 1998 erfolglose Teilnahme beim Bachmann-Wettbewerb in Klagenfurt, dafür 2006 Publikumspreis bei der »Nacht der schlechten Texte« in Villach. 2008 Gewinner des Dresdner Lyrikpreises. 2014 österr.-ungarisches Austauschstipendium. Seit 2010 Verfassen von Schulhausromanen mit Schulklassen. 2015 Aufenthaltsstipendium in Schloss Wartholz und 2016 in Winterthur.